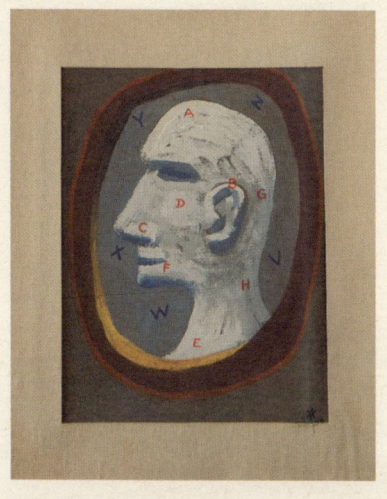

悬停日日

〔智利〕胡安·埃马尔——著 梅清——译

新经典文化股份有限公司
www.readinglife.com
出 品

目 录
Contents

前言
001

悬停日日
1

画作集
177

前言

胡安·埃马尔的奥林匹克运动会

青年时期,胡安·埃马尔曾在日记中写道,假如他出生在古希腊,一定将一生奉献给艺术,沉浸到永恒而美妙的孤独中,只有"烦人的奥林匹克运动会"会打扰到他。可见他一直幻想用一生进行创作,不过他并不想成为作家,或者说他并不想以作家的方式行事,他只想专心消遣,进行真正的探索,无畏地接受玄妙之事与不确定性。我们可以看到,《悬停日日》中的叙述者就是如此,毕生致力于艺术与内省,他在虚构的城市圣奥古斯丁-德探戈市(这是属于埃马尔的马孔多或者约克纳帕塔法①，"圣奥古斯丁-德探戈"听起来与某座智利城市格外相似：圣地亚哥②）闲逛，追寻一个"结论"或一束总是从指缝中溜走的灵光。然而他并非独自一人闲逛，他有妻子相伴，身边还不断出现其他人物，包括一位有多热爱绿色就有多憎恨资产阶级的画家，一个在所有故事中充当主人公的大肚子男人，一个因自己的无私而被砍头的可怜人，还有叙述者一家人和乌拉圭领事。

胡安·埃马尔原名阿尔瓦罗·亚涅斯·比安奇，朋友们称他"皮洛"，在担任艺术评论员的那几年他自称"让·埃马尔"③，与法语中的"J'en ai marre"相似，意为"我受够了"。他不是与品

---

① 马孔多和约克纳帕塔法分别为加西亚·马尔克斯和威廉·福克纳在小说中虚构的地名。——如无特殊说明均为译注
② "圣奥古斯丁-德探戈"的西班牙语原文为"San Agustín de Tango"，其中包含了智利首都"圣地亚哥"（Santiago）的城市名。
③ 法语原文为"Jean Emar"，其中法语名"让"（Jean）在西班牙语中为"胡安"（Juan）。

达[1]同时期的,而是和安德烈·布勒东[2]同一代,他不出生在荷马的祖国,而是出生在比森特·维多夫罗[3]和巴勃罗·聂鲁达[4]的故乡,这两位诗人是对头,却也都是胡安·埃马尔的朋友,不过维多夫罗曾说"皮洛用脚写作",这句不够友善的话形同在朋友背后打了一拳。然而,一九七〇年——胡安·埃马尔去世几年后,聂鲁达曾写过一篇洋溢着赞美之情的前言,前言的开头是这样的:"我与胡安·埃马尔是密友,可我从未了解过他。他有众多朋友,但他们又算不上他的朋友。"

---

[1] 品达(约公元前518—前442或438),古希腊抒情诗人,作品多为歌颂体育运动胜利的赞歌。
[2] 安德烈·布勒东(1896—1966),法国作家、诗人,代表作有《超现实主义宣言》《娜嘉》等。
[3] 比森特·维多夫罗(1893—1948),智利诗人、西班牙语美洲先锋派诗歌的代表人物,被称为"创造主义"之父,代表作有《高骞》等。
[4] 巴勃罗·聂鲁达(1904—1973),智利诗人,1971年获诺贝尔文学奖,代表作有《二十首情诗和一首绝望的歌》《漫歌》等。聂鲁达曾在自传《我坦言我曾历尽沧桑》中回忆亚涅斯夫妇,称胡安·埃马尔为"杰出却仍鲜为人知的作家"。

胡安·埃马尔出版的作品数量少、时间晚、风格怪异。一九三五年六月，他一下子自主出版了三部杰出的长篇小说，分别为《米尔廷一九三四》《一年》《悬停日日》，而《悬停日日》或许是三部中的最佳作品。紧接着，一九三七年大学出版社出版了《十》，我认为这是西班牙语美洲文学中最棒的短篇小说集之一，不过我当然是站在智利和未来的角度才这么说的，因为在当下这本书还没遇上几个读者，它甚至还不如他的长篇小说体面，它们都被评论界和大众当作彻底的失败品。如今看来，他作为一名富有贵族、日报主编兼前参议员之子遭遇如此惨败，甚至没有得到某位有影响力的朋友的同情和支持，这件事令人费解。对此有一个明显却并不充分的解释：他对先锋主义毫不妥协的坚守。可以肯定的是，埃马尔也因此对文学评论界——确切地说是对文学评论家——更加厌恶。举个例子，他在《米尔廷一九三四》中直接对"孤独者"进行了谩骂，这位评论家本可以提高埃马尔在公共舆论中的地位。("孤独者",没错,是智利文学界最具影响力的"品味家"埃尔南·迪亚斯·阿列塔的荒唐笔名,波拉尼奥①在《智利之夜》中以他为原型,幽默地虚构了一个笔名为"告别者"的人物。)他对评论家的蔑视态度带有传奇色彩("我不想听评论家的评论,多少都不想听,我不想知道这些以阅读作品为生的人的看法"),在艺术界他也是如此。实际上,在埃马尔本人所写的有关艺术的文章中,他经常对不少同行进行猛烈抨击。(我想起一篇非常有趣的文章,埃马尔在其中写到了一位因无法分辨某一幅静物画中的水果是苹果还是李子而陷入烦恼的评论家。)

或许胡安·埃马尔生前出版的几部作品就是他的奥林匹克运动会,此后他发誓再也不参与竞争,再也不出版作品,实际上,他将"不出版"

---

① 罗贝托·波拉尼奥(1953—2003),智利作家、诗人,代表作有《荒野侦探》《2666》等。

变成一种使命或者信仰。("我不出版作品,借此藏匿身形,我不出版,绝不出版,等以后陌生人坐在我坟墓的台阶上出版我的作品吧。")如他所说,他不想成为作家,只想写作,他的确这样做了,在生命的最后二十年,他全身心投入巨著《门槛》的创作中。

"我每天都在写,"一九五九年他在一封信中写道,"现在我写到第三千三百三十二页了。等到出版的时候,它应该非常厚。什么时候出版?等我死之后!!"这部作品的最终手稿超过五千页,当他去世后,阿根廷卡洛斯-罗勒出版社于一九七一年出版了《门槛》的第一卷。后来在一九九六年,埃马尔去世三十二年后,这部巨著才被完整出版,全书分五卷,共四千一百三十四页,排版紧凑(如果用正常字号排版,页数会轻松超过六七千)。

可这并非一部好莱坞式的自传电影,也不是奈飞的迷你剧。或许是吧,不过并未完结,我们才刚到一半，到第一季结尾：如今还将埃马尔视作被遗忘的作家几乎可谓荒谬，因为可以这么说，他的作品根本从未被真正记住过。尽管有大把相关的博士论文，并且其作品的电子版可被轻易获取（智利国家图书馆上传了几乎所有作品的PDF文件，页面模糊但免费），他依旧远远称不上在智利文学界占据一席之地，在西班牙语美洲文学的大合奏中就更算不上什么了。至于其他语言版本，到目前为止只有法语和葡萄牙语版，而本书是他第一部被译为英文的作品（不过《当代小说评论》杂志曾于二〇〇七年为他出过一期特刊，译者为丹尼尔·博祖茨基）。虽然他的作品曾在阿根廷和西班牙出版，但它们基本上只在智利出版，或者说只是偶尔才在智利出版，这显得更加讽刺了，因为在智利文学史上很少有作家像胡安·埃马尔这样国际化，举个例子，二十世纪他曾亲身经历、完整且详尽地了解了法国的先锋主义运动。埃马尔作品的英文版稀少，或许是因为他与英语国家读者所理解的拉丁美洲作家不同，他更像欧洲超现实主义作家，或者野兽派和达达主义艺术家。他因为不合时宜的国际性被关进文学禁闭室，但我有一种预感，或者说我希望如今的英语读者愿意将他从禁闭室中解救出来。

不过包括我在内的许多读者都是读着他的作品长大的，我们尊敬他。我十四岁时第一次读到埃马尔最著名的短篇小说《绿鸟》，笑得停不下来，而最近我在大学里又认真读了一遍后发现自己爱上了他，或许称为多元之爱更准确，因为我们六七个人都爱上了胡安·埃马尔，我们每个星期五都会和一位比我们小不了几岁、无比疯狂又理智地爱着埃马尔的老师一起，在老师开设的漫长、紧张的课上一起探索作家的文学世界，收获意料之外的愉悦。当然，胡安·埃马尔的先锋是老派且传统的，这也是我们阅读他的部分原因，他忠实地按照先锋主义的程式、技巧、主题写作，但这并非那时我们热爱他的作品的原因，现在也不是，他的作品读起来并无年代感，透露着愤怒和超前的现代感，大概这就像他本人希望或预设的那样，毕竟他对后世和当下的文学名誉进行了长久而苦涩的思考，在《米尔廷一九三四》中就有相关例子。（"为什么要如此看重二〇〇〇年和那之后的先生们？万一他们是蠢货呢？"）

我想，如今我们已经越来越习惯于艺术的不真实感的入侵，也不容易被"缝纫机和雨伞在解剖台上的偶然相遇"震撼到——这是洛特雷阿蒙[①]对美的迷人描述，常被超现实主义者引用。埃马尔在表现形式上的实验性做法在他的年代会更令人震惊，他直接驳斥了更为权威的克里奥尔主义[②]在当代写作中所代表的严肃、无聊的现实主义。如今我们会关注其他东西，比如这部小说

[①] 洛特雷阿蒙（1846—1870），法国诗人。后文所引用的诗句出自他的代表作《马尔多罗之歌》。
[②] 西班牙语美洲的地方主义，通过文学作品展现各国在独立后的风土人情。

的前几页对智利读者来说似乎是在嘲讽国家的保守主义,很遗憾,我们如今对此依旧熟悉。但最吸引我们的或许正是埃马尔难以言喻的幽默感,他就和所有幽默大师一样,让我们时常分不清叙述者是在认真讲话还是在开玩笑,但与此同时他的幽默也具有极高的辨识度。因此,埃马尔在智利散文界的地位就像智利诗歌界的尼卡诺尔·帕拉①一样,也许将他们的影响结合起来就能解释智利文学的诸多特征,而这些特征常常是反文学的。

一九七〇年,聂鲁达在《十》的前言中草率地将埃马尔与卡夫卡相提并论,引发了对埃马尔的短暂吹捧,这有点不公平,因为埃马尔不是智利的卡夫卡,聂鲁达也不是智利的惠特曼。我们这一代智利读者很幸运,无须在阅读埃马尔时将他与其他人比较,但我也理解这种冲动。我还记得在某节课上,我们拼命讨论埃马尔是否比科塔

---

① 尼卡诺尔·帕拉(1914—2018),智利诗人,"反诗歌"开拓者,代表作有《诗歌与反诗歌》《饭后演讲》等。

萨尔好,在二十世纪九十年代中期,科塔萨尔是公认的模范型超级作家,无论唯美主义者、本质主义者、活力论者还是投机主义者都对他一样重视。我们没讨论出结果,但我记得有人断言,未来没人会读科塔萨尔,而埃马尔的作品会成为经典的中心,所有人都或多或少同意这个观点——这个人不是老师,老师那天下午罕见地谨慎,只是享受着无声的胜利,因为他用了几个星期就让我们成了胡安·埃马尔的狂热读者。这是种轻率的看法,当然还带点民族主义色彩(或者说是反阿根廷色彩——在我们国家,有时候这二者是一回事),另外这么比较也挺愚蠢的,有什么必要将我们敬爱的两位作家相提并论?但那是在九十年代,一个可怕的时代,至少我们还能在讨论时假装自己是哈罗德·布鲁姆[①],常常让讨论在爆发的笑声中结束。

---

① 哈罗德·布鲁姆(1930—2019),美国文学评论家,代表作有《如何读,为什么读》《影响的焦虑》等。

胡安·埃马尔领先于他的时代，他无疑是为未来读者而写作。假设这些读者就是我们，是我们这些在他去世后十五到二十年出生的人，我们成长的地方与他所熟知的智利大相径庭甚至更糟，这种假设既显傲慢又令人激动。可也许我们并非他的目标读者。比如当我重读《门槛》中的某些章节，或是《悬停日日》炫目、混乱、美妙的"量子"结局时，我觉得胡安·埃马尔甚至不是为我们而写。是的，我们可以阅读他的作品，享受其中并自认读懂了他，但在内心深处我们知道，在尚未抵达的未来，他的书将被更多读者更好地阅读、欣赏和理解。

亚历杭德罗·桑布拉
2021 年于墨西哥城

悬停日日

昨天早上,就在圣奥古斯丁－德探戈市,我终于看到了极度渴望的演出:一场犯人的断头刑。被处死的人是蠢货鲁德辛多·马耶科,昨天为止,他因一个不可饶恕的错误被关在监狱中六个月了。

事情是这样的:

鲁德辛多·马耶科是个普通人。和所有男人一样,某一天他结婚了。他选择了马蒂尔德·阿塔卡马作为伴侣,如今她成了悲痛欲绝的寡妇。鲁德辛多·马耶科在新婚之夜就体验到了极致愉悦的惊喜。他从朋友那里得知,这一切都会以一种非常明显的快感为终结，但他绝不想走向这一极端。他觉得一切都太迷人了，要将他从妻子身边拉开都成问题。他每每在街上想起马蒂尔德，就会露出猥琐淫荡的笑，让许多羞怯的少女羞红了脸。

但现在，无论对于鲁德辛多还是对于其他公民，无论在这座城市还是在其他地方，岁月都以同样的速度无情流逝。自然，这个好人的体力也开始下降了。

一开始，幸福每时每刻都在对他微笑。后来他发现自己得克制点，不能频繁呼唤幸福女士。再后来，他不得不承认幸福女士变得极度傲慢，只在她——而非他——觉得合适的时候到访。最终他发现，除了每个月的一号和十五号，伟大的幸福女士都无疑忙于其他事务，不会来敲他的家门。

随着这个好人的能力越来越糟糕，他也就越来越悲伤，我想这是显而易见的。马耶科变得忧郁，性格变得阴暗。在案件审理中，许多人声称见过他独自哭泣。如果一切就这样发展下去，我毫不怀疑鲁德辛多会出现在今天的自杀名单上。然而事实并非如此。他的悲伤救了他，不过也为他带来了最高等级的惩罚。可不管怎么说，悲伤使他免于自杀，还让他的极度快乐延续了几年。

一天晚上，这个神经衰弱的男人独自在"赤脚酒馆"的一角喝啤酒。那是某月的二号，这样悲伤的等待还将持续很久。突然，一位多年未见的老友出现了。

（我应当赞扬一下马耶科：在案件审理中，他从未透露这位朋友的身份，因此这位朋友没有被刁难过。）

好吧。他们坐在一起喝啤酒，舌头得到解放，好人鲁德辛多觉得是时候讲讲他的难处，期待得到不错的建议。他讲了。他原以为朋友会同情他，却惊讶地发现朋友并未将他的无能当作悲哀。相反，朋友向他保证这是好事，因为若用质量代替数量，一切问题都能得到解决。那晚，朋友劝他、开导他,并向他解释了无数细节,直到夜深。离开酒馆时,鲁德辛多从未这么幸福过,他相信,他完全相信只要有智慧、有计策、够机敏、够细心,当然最后还要结合现实开动脑筋,就能收获难以预料的极致且持久的快感,足以让他度过寒冰般的半个月。

就在那晚,鲁德辛多向马蒂尔德讲了他的新点子。从那一刻起,他们两人开始在感官的极致愉悦中等待这个月的十五号。

十五号到了。他们成功等到了这一天。鲁德辛多和马蒂尔德纵情欢庆,攀上了快感的巅峰。

自那以后,他们就对愉悦着了迷。他们的生活被回忆与过往填满。

而鲁德辛多·马耶科说到底是个好人。自私心理从未在他灵魂中占据一席之地。鲁德辛多·马耶科觉得自己掌握了爱的秘密,想与同伴分享。他开始以过度轻松的心态对所有愿意倾听的人讲述,他说一切享受都在大脑中而非大脑外。坏了,坏了!

对许多人来说,他的观点确实不错,他们会将它应用到个人生活中;对其他人来说,确实有人左耳进右耳出;但也确实有许多人,有许多人觉得这是不道德的,违反了自然规律,是魔鬼的行为。很快,恶意的低语开始围绕在鲁德辛多身边。当他从街上走过,就能听见窃窃私语。老妇人探出窗外,小声谈论腐败、纵欲和黑暗的堕落。公众开始发表观点。报纸的字里行间都是影射。最终,流言和不满积累了太多,司法部门觉得该对此事采取行动了。

一天早上,两名宪兵来到这个不幸之人的家中,请他跟他们走一趟。

监狱的大门在好人鲁德辛多·马耶科身后关上了。

可想而知,此事引出了多么惊人的丑闻。

针对为爱庆贺一事,反对者唱起颂歌,而支持者的喊声冲上云霄。反对者呼吁惩罚罪恶,而支持者哭喊着个人自由遭到践踏。支持者很快筹集起足够的资金，为不幸的马耶科请来一流的律师——年轻有为的菲利佩·德·塔拉帕卡。

此人刚开始为不幸的鲁德辛多辩护，事态就向对他们有利的方向转变了。

塔拉帕卡辩护道：

"为什么要逮捕公民鲁德辛多·马耶科并将他关进监狱？他犯了什么罪？难道因为那些色情的想法就要惩罚他？我请求崇高的法院在我国或者其他任何文明国家的法典中为我指出哪怕一则允许对公民合法性交时的思想进行审判的法条！司法部门审查具体行为，且仅审查具体行为。只有当各位掌握了具体行为，才能开始考虑诱发这一行为的思想。我举个例子，预谋。只有当后续行为实现了这一预谋，那么它才能作为加重惩罚的依据。只要行为未经实施，那么预谋就不存在。我们，甚至各位审判员，有谁在看到对头走过时不曾心中暗想：'要是他遭雷劈就好了！'然而，无论我们还是你们，继续赶路后并未招来闪电，司法部门也不会插手。那么现在，公民鲁德辛多·马耶科因什么行为被判有罪？有确凿证据，除合法配偶外，我的委托人并未与其他任何女性发生过关系。如果并非如此，那么法律就可以根据通奸的相关法条进行干涉了。就算是这种情况，法律也不应当由于犯人在作案前、中、后可能怀有或多或少的色情思想就加以干涉。因此，审判长先生，我想知道为什么要将他关进监狱？"

总之，塔拉帕卡立足此观点进行了辩护，他当然有说服力和思想深度，我连一刻都没法还原出来。我想说，审判员觉得他硬得像块铁板，没有什么能证明将那个不幸之人关押是公正的，马耶科的朋友越来越响亮地高喊他们的理论，冷漠的公众舆论正转向对他们有利的方向，而反对者沉默了，没有任何法律能支撑他们的反对意见。简而言之，最终监狱的大门将为公民鲁德辛多·马耶科打开。

可就在这时,圣奥古斯丁-德探戈市大主教那洪亮、暴怒、威严的声音响起。

大主教阁下反驳道:

"的确,不敬的塔拉帕卡站在法律的角度看待了同样不敬的马耶科案件,这些法律是下方在座的各位制定的,其中并没有为此罪设置惩罚。然而人不仅是人的法律,更是神法,是神法的肉身,神法体现了我们在天上的父。所有在不敬与愚昧之泥潭中拖住我们的人都知道,他们的行为是罪恶的,而我们的良心和内心应当还是纯洁的。因此任何不道德的思想、欲望、企图,无论它们在人类双眼下隐藏得多深,都是对天父的亵渎,对恶魔的赞颂。我的兄弟们,我问你们,假如某人虽未直接冒犯同类,却冒犯了上帝,那还有可能还他自由吗?还他自由不就是在宣告、在承认这个蛆虫般的人凌驾于赐予我们生命的天父之上?我还想知道,如果你们有谁冒犯了自己的老父亲,这难道不是对所有兄弟的冒犯?你们当中有谁允许兄弟冒犯自己的父亲?可人类的司法部门却希望我们接受那个蛆虫般的人对我们共同的父,对我们永恒的父犯下的最恶劣的冒犯,这幅画面多悲哀啊,多可惜啊。我的兄弟们,我们应该团结起来,让不敬的、罪孽深重的马耶科继续被监禁,让他受审判,受惩罚!"

在此,我必须重申前文提及塔拉帕卡时所做出的警告。大主教立足此观点的陈述具有说服力和思想深度,我想还原,却只是白费力气。总之,他的意思差不多就是我记录的那样。

这下,在全民的期待中,事件又转回司法部门手中。城市里的居民一半在鼓掌,一半在抗议。

司法部门可不会让步。他们固执地遵守法条,明确表示工作不能超出规定,并批准了被监禁之人鲁德辛多重获自由。

在某个炎热的上午,监狱的大门打开,好人鲁德辛多·马耶科出现了,满脸幸福。然而,他才在公路上朝着心爱的马蒂尔德前进了三步，就被两名教堂司事上前铐住了双手，他们请他走一趟。

就这样，圣奥古斯丁-德探戈市监狱刚敞开大门将他释放五分钟后，同城的天主教监狱就在他身后关上了大门。

第二次审理开始了。

这次为他辩护的是"十字架上的本尼特"①修士。我最好简短地概括一下。这个过程没什么别的可能。被告是否有声望对温柔的本尼特修士来说起决定性作用。他的内心已经将罪责归于不幸的马耶科了。原告为数众多，仅少修士一人，而就连这一人，如上文所说，也认为马耶科有罪。因此，辩护不过是一场祈祷，祈祷上帝仁慈对待堕入罪恶的人。祈祷过后，全员一致宣判鲁德辛

---

① 该修士的名字来自意大利修士圣本笃。天主教徒常佩戴刻有圣本笃和十字架的圣本笃圣牌以驱除邪祟和诱惑。"本尼特"为"本笃"的西班牙语音译名。

多·马耶科有罪。

但在执行惩罚前,得先召开会议。人们需要商讨一个问题:给这个罪人判处什么惩罚?似乎每位主教都根据城市里散播的传闻得出了自己的观点,没办法让他们统一意见。最终,他们不得不向参会人员以外的人寻求帮助,而所有人都乐于去咨询整个教区最神圣、最纯洁、最智慧的人:"无、所、不、知"的卡努托修士[1]。

"无、所、不、知"的卡努托修士安静地倾听主教们的发言。随后安然一笑,又画起十字。最终,他垂下目光背诵道:

"若是你的右眼叫你跌倒,就剜出来丢掉。宁可失去百体中的一体,不叫全身丢在地狱里。若是右手叫你跌倒,就砍下来丢掉。宁可失去百体中的一体,不叫全身下入地狱。"[2]

---

[1] 原型可能为西班牙修士卡努托(1871—1936),原名弗朗哥·戈麦斯,1936年西班牙爆发内战后被暗杀。
[2] 引自《圣经·马太福音》(和合本)5:29—30。

主教们回去了。听完"无、所、不、知"的卡努托修士的一番话后,他们再无疑惑:必须切除罪人身体上叫他沉沦的部位。

没错!太棒了!可这个部位是什么呢?

会议又开了一个星期,最终投票表决。参与投票的八十八人中,有四十五人认为头颅是导致过错的直接原因。他们自然有依据,从一开始大主教就说过,他们关心的不是行为,而是引发行为的思想,因为行为已经被人类的司法部门管理,或者说夺取。不管怎么说,四十五比八十八的一半还多一,不必再说什么了。

鲁德辛多·马耶科将在市民广场失去头颅。

我一听说审判结果,就开始跟着朋友和熟人奔波于整座城市。在无数次往返后,我终于拿到了两张观看行刑的门票。因此昨天黎明时分,非常、非常早的时候,天蒙蒙亮,我和妻子就出门直奔刑场了。

我必须在此记录一些相当奇妙的观察。或许

奇妙只是对我而言，毕竟我是愚昧之人。不管怎么说，我会讲到这些事的。

当主教说出"市民广场"时，我立刻就想象出它确切的样子，就像人们说到这座城市的十字褡广场、马德里的太阳门广场、伦敦的特拉法尔加广场，或者其他什么广场时我想象到的。在法国也有"广场"这一说法，至少巴黎的广场就是一条大道——阿拉戈大道——要是我没记错的话。我本该想到的，在这种情况下，"广场"意味着任何地方。可我并没有，因此当我意识到这场演出将在一个非常像马戏团的地方举办时，我感到极度震惊：小围栏后设有观众席，两侧围栏之间是锯末铺成的场地。这里与一般马戏团的唯一明显差别就在于场地，这里的场地长且窄，而不是圆形的。

我们很快找到了自己的座位，舒服地坐下，继续观察此地。右侧的尽头有一扇又宽又矮的门，嵌在墙上，敞开着，门里有道向上的石阶。

从我的座位可以看到八九级台阶，再多就看不到了。门楣遮住了剩下的部分。我不知道左侧的尽头是什么样。我没想过要看那边，现在想来很有可能我看了，只是没太在意。总之，我可以肯定，那边比其他地方黑得多。而在场地上，门边，也就是石阶脚下，摆着一架断头台。我曾因为巨型断头台带来的恐惧感而想象它们也会很庞大。不过并非如此。反正摆着的这架很小。我还观察到另一件事，我觉得这件事对不幸的鲁德辛多来说应该很贴心：场地上照明的四五盏灯都被黑纱罩住了。

我们在那儿坐了不到十五分钟，观众间的一阵嘈杂提醒我这场恐怖的演出即将开始。我向石阶望去，一名士兵的靴子正自上而下出现。靴子停在某级台阶上，一只，另一只，一把步枪的枪托立在靴子旁。我想，这名士兵守在那儿一定是为了阻止人群拥向石阶。我的想法是对的。就在下一秒，他下方的台阶上出现了两只厚底钉鞋，随后是一些保暖短靴，再然后是网球鞋，还有高跟鞋，还有……我怎么知道还有什么！一大群人。我们静静地等着，直到我耳边响起弹簧突然启动的刺耳声。我们都看向大门。我们看到一个小小的窗口，当刺耳声以最尖锐的音调结束，两扇小窗打开，拍在石墙上。窗口中探出一只木制小鸟：

"咕——咕！"

随后就消失了。

就在此刻，鲁德辛多·马耶科出现了。他穿着白色衬衣和黑色裤子，双手被反绑在背后。在他身后，刽子手穿着同样的衣服，用右手食指指尖轻轻推着他。他身边有位身穿全黑衣服的活泼小修士蹦蹦跳跳，对他说个不停。我认出那是温柔的"十字架上的本尼特"修士，但听不见他在说什么。我妻子也听不见。他们走到小断头台边——声明：我并不同意没有巨型断头台的说法——可怜的鲁德辛多卧倒了。在此请允许我描述一下我观察到的另一件事。

现实常常与人们口中讲述出来的不同。我们认为,在那台地狱装置旁,会有一位身穿长袍、头戴礼帽的庄重的绅士,将以威严的姿态按下某个按钮,总之,就像人们说的那样。但根本不是那样。刽子手亲手将刀举高,瞄准这个可怜虫的脖子,自上而下猛地一斩。他的身体倒在一边,我惊讶地看到他还在呼吸,沉重地呼吸,像运动员刚进行过剧烈运动。而头颅已经跳着滚走了。这一刀砍得并不到位,恰恰相反,虽然刀刃确实穿透了头骨下部,却从眼睛上方刺出,因此眼睛依然留在被处决者的脸上。但或许这正是惩罚的本义:只应当斩去罪恶的部位,在此情况下就是用以思考的部位。如果是这样,那我们应该对刽子手的高超技巧表示祝贺。

接下来的场面有点怪异,甚至令人不适。本尼特修士追着滚动的头颅,像捡西瓜皮一样把它捡起来,快速检查了一遍,又扔回地上。鲁德辛多趁机捡起来,把它安回身体上。并不完全吻合,并不。切口清晰可见,这个好人显得有些滑稽,仿佛那些戴小帽子的人。事情变得越来越糟。鲁德辛多始终躺在地上,他当然没有力气再站起来了,但开始羞辱刽子手,甚至并不满足于此,还用拳头威胁他。刽子手对他的威胁毫不在意,始终站在断头台旁,过了很久才转身向他走去,假装接受了来自拳头的挑衅——当然,刽子手把他当成了笑话,纯粹的玩笑。但被处死的马耶科一定当真了,他躺着后退,像一头被追逐的野兽,开始绝望地抡起四肢。刽子手放下双手,耸了耸肩,对着观众笑了笑,又回到断头台旁。鲁德辛多·马耶科开始感到痛苦了。两分钟后,他死了。

我有些消沉。洒出的鲜血似乎落在了我身上,我能感受到它的重量。于是我对妻子说:

"我受够了处决、断头台这些事!我们离开这儿吧!咱们溜吧!"

"没错,"她回答,"受够了,咱们溜吧!"

我们从侧门离开,一位极度优雅的男侍者反复鞠躬后为我们打开了门。

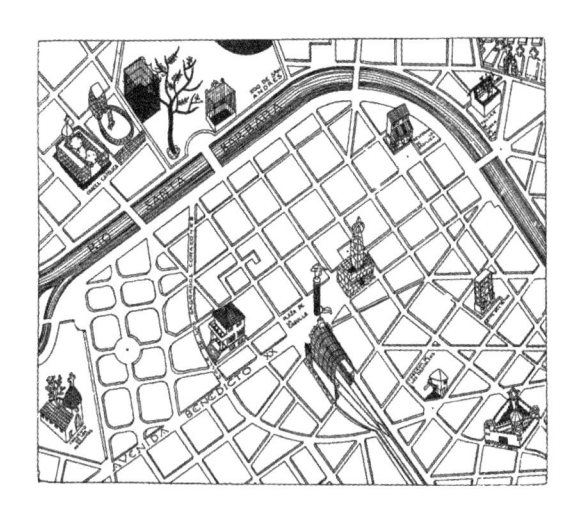

圣奥古斯丁-德探戈，智利共和国城市，位于圣巴巴拉河边，西经73度，南纬32度，人口数为622 708[1]。设有主教座堂、宗座圣殿、总主教区。周边有锰矿。

由加夫列拉·埃马尔[2] 绘制

---

[1] 根据作者基金会网站最新统计，该虚构城市人口已增长至831 607人。
[2] 作者的妻子。

༄

我们来到街上,天气潮湿、灰暗。我们还约好一起去圣安德烈斯动物园,便出发了。

说实话,我觉得这家动物园配不上它的名气,很少有动物能吸引我。让我们看看:十四头雌狮有点意思,狒狒更有趣一点,鸵鸟相当有趣——这一点我不否认。除此之外,我对其他一切无动于衷。

雌狮的有趣之处主要在于其中一头稍后将扮演的角色,不过它们完全统一的行动也挺有意思的,仿佛被某根我们看不见的弹簧推动着。当我思考这根弹簧存在的可能性时,我还得思考在它旁边是否会有某人对它施加最初的推动力，不过这一点将在雌狮群中得到验证。就在我思考时，一句话自然而然地钉进我心里：

"被雄狮推动的隐秘弹簧暗中推动的十四头雌狮。"

我将双唇凑近妻子的左耳，低声说出这句话。她用余光看了我一眼，随后低声对我说：

"文化人。"

最终，那种统一性变得庄重。因此，当我们靠近环绕着狮群保护区的隔离水沟时，十四头雌狮都睡着了，无论是地上的、岩石上的还是栖息在树杈上的都睡着了，如我所说那样姿势统一。过了一分钟，所有雌狮都摆了一下尾巴。又过了一分钟，它们都打着哈欠伸了个懒腰，还亮出爪子，又像刚出水的狗那样站起来晃动身体。随后，突然之间，它们将头转向我们，一动不动地盯着我们，令人惊愕。这时发生了一件奇妙的事。就在这一刻前，动物园满是其他兽类和禽类的叫声、树木间的风声、园外的城市发出的各种动静。没有人类的声音,动物园里只有我和妻子。而当雌狮看向我们,所有声音,哪怕最细微的声响,都静止了,绝对且黑暗的寂静笼罩着我们。在这样的寂静中,二十八道锐利的目光可以轻易扎穿我们的整个身体,我们两人都感到自上而下承受着十四种细微的、针扎般的疼痛,这种疼痛刺透我们,仿佛要把我们钉在身后远处的空地上。事情变得无法忍受。

"咱们溜吧,咱们溜吧!"我对妻子说,"要是我们继续待在这儿,那些雌狮的目光会融入我们的血液,随之循环。我的另一半啊,我们不可能让这种事发生,这一生还有许多要做的事。"

"没错,"她回答道,"咱们溜吧!"

我们焦躁不安,几乎是被吓跑的。当我们来到猴群保护区的隔离水沟边,心神才平定下来。在保护区的正中央耸立着一块高大的巨石,很高、很陡,上面有几百只狒狒属的草原狒狒正爬上爬下,又跑又跳,不过我觉得它们的个头比我见过的狒狒小。它们似乎对这里挺满意的。有些狒狒在一次次跳跃间匆匆吞下几把花生,有些短暂地打闹一阵,还有些成对的在交配,反正就是这种动物的常规生活。我记得有只狒狒面对我们坐着,神态庄重,随后扭过狗一般的头颅[①],侧着脸撒了一大泡尿。

天空依旧灰暗。我们正准备继续向前走,一道阳光穿透云层照在整块巨石上。那时我们看到了多么壮观、明丽的景象!几百只狒狒停下动作,沉浸地望着太阳,夸张地张大嘴,开始对着天空唱起恢宏的赞歌。

开始只有一个音,就一个,后来却如过山车般轻柔地摇晃,到达最高潮的部分时,歌声变得尖锐、吵闹、狂野。这时,这些站立着的狒狒向太阳伸出手臂。随后,当这个音降到最低时,它

[①] "草原狒狒"(cinocéfalos)一词也指狗头人身的人。

们的歌曲变得低沉，仿佛地下的石头在滚动。在这一刻，狒狒四脚站立，它们的脚像弹簧一样带动身体一起颤抖。此时歌声再度升高，延长，再延长，这些生灵又站起来，我们也感到正被一双看不见的、长满绒毛的手臂举起。过了一会儿，在最高潮处，向下！向下！又是漫长的过程。太阳闪耀着。现在又向上了。现在又向下了。

妻子用手肘戳了戳我，随后用眼神示意我，我明白她让我模仿狒狒和她的动作。妻子开始唱歌。女低音圆润的蓝色嗓音，来自柔软天鹅绒制成的咽喉，这就是我妻子的歌声。平行，恰巧与狒狒过山车般的歌声平行，只不过她沙哑甜美的天鹅绒要低上三度。那一刻，过山车与天鹅绒开始在那里盘旋，于美妙的和谐中与阳光嬉戏。我出神地听着无数狒狒和在它们下方的我妻子一起唱出的无尽之声。我又被手肘戳了戳，想起了自己的任务。我深呼吸，让清新的空气充满肺部，是的，空气很清新，不过我以某种智慧在其中混入了狒狒的气味和妻子的香水味。然后，我就这样加入了这个华丽的歌声，我凭借男高音的清亮嗓音唱出比狒狒高五度的高亢歌声。我们都在共振中随风摇摆：它们，集体搭乘过山车；我，以银质的平缓嗓音飘在它们上方；她，以冷静的咽喉那蓝色的天鹅绒从下方托起一切。

我们下降了。对我来说比上升好些。可对她的恐惧开始占据我。徒劳的恐惧！哦，我圣洁的妻子！我对你的爱慕在此留下印迹！当无数只小动物牵动地下的石头，让它们可怕地滚动，当我自己也被埋于地下几百米深处，她——我的妻子，遵守着半途开始唱歌时做下的约定，以不可思议的灵敏对抗一切，打破一切。就这样，她在狒狒的地狱中，在我的土壤中，让深处从未见过阳光的水庄重地滑动，再通过我们永不会见到的墓穴流入地心。她让我们倾听流水以揭示其存在。

又一次上升开始了。我们来到地表。我们还在上升。此刻我被自我的恐惧淹没。狒狒轻松地唱出最尖锐的歌声。那样的高度，我想并非人类的嗓子所能挑战的。更何况我的！我像孩子那样颤抖起来，却没有任何防备。我继续向上，到达顶点，被太阳照得眼花，面颊在不可思议的攀升中被冷风的利刃划破。我能感受背后无数狒狒从喉咙中发出的刺耳啼鸣无情地推着我。而在后方，遥远的后方，在绝望中，我听到妻子深沉的嗓音，离我很远、很远。然而，在我生命中，她再一次慷慨地对我施以援手。我的声音到达极限。而其他声音在推动我时被我下意识的抗拒所激怒。随后她为我指出她的音，又为我指出狒狒的。最终，我看到二者间的空间，因此得到了拯救。她轻轻地使个眼色，让我别再犹豫，从高处进入那片维持着和谐的空间。可要如何做到？那里还有我的位置吗？当我真想进入时，会不会把一切炸毁，制造出令人无比生气的不和谐音？

不。问题只在于需要另一种使听觉更敏锐、精准的方法，三种声音相隔的距离比原先缩短了一半，妻子的声音一直在下方，我的在中间，狒狒的在最高处，三种声音在另一种和谐中以另一种形式继续存在，向太阳攀登。

只需下定决心。我让我银质的平缓嗓音下降，撞上正在升高的无数尖锐嗓音，发出如金属冲击海面般的短促碰撞声，几乎就要触碰到妻子的蓝色天鹅绒的咽喉。在妻子的帮助下，我受重塑后的听觉指引，为我的歌声找到了合适的位置。她鼓舞着我，而狒狒为我抵御冷风的利刃，我不再犹豫，在前所未有的和谐中我们继续歌唱，陶醉且出神地继续歌唱，直到进入再无单独的——或者说原先那种个人化的——音乐和声响之境界，因为一切，一切存在完全就是一支乐曲。

一朵云飘过。阳光被遮住。我们的声音如受伤的飞鸟从不可思议的高度摔落。摔落，掉下，死去，在我们的喉咙中消失。我们于再次降临的灰暗中沉默。

不少狒狒撒尿了。有些打闹着。有一对在交

配。其他的吞下几把花生。

"咱们溜吧！"我对妻子说，"咱们溜吧！我受够狒狒了！"

"对，受够了，"她说，"咱们溜吧。"

在高大的棕榈树林深处，一只强壮、美丽的鸵鸟散着步来来回回，一会儿面向这边，一会儿面向另一边，既庄重又尊贵。

虽然它强壮又美丽，我们还是打算继续前进。我思考着类似这样的问题："一只鸵鸟对我来说能有多重要呢？观赏它或许会让我开心，甚至让我兴奋。可为什么这样的鸟能够让我这样的人类感到兴奋？为什么？为什么？"在宽阔的花园里，我的问题听起来有些阴暗。最好还是前进吧。停下步伐就意味着再问一次，再问一次就意味着绞尽脑汁寻找答案。哦，面对那只美丽的生物时，我看到多少阴暗的思绪！这些思绪只需在我的灵魂中加入一滴兴奋之水，就能威胁到未来的我！那之后我就必须面对它们，献出每一刻休息与走神的时间,每一刻阅读和学习的时间,每一刻有爱和喜悦的时间,我必须为寻找问题的答案献出全部时间:"在人心深处发生了什么?在创造万物前,上帝发出了怎样遥远的回声?在创造万物后,上帝为未来留下了怎样的信息?什么样的潜意识被唤醒,正在人的心中翻腾,让兴奋的火花在鸵鸟摇摆的步伐中萌芽?"我明白,抽象的思考将以其利爪擒住我,我的胸中再不会那么安宁,我再无法轻松地去街上闲逛,再无法拥有好胃口,再无法在我灵魂的另一半身边入睡。

必须继续前进。

可就在那时,周围响起一声可怕的吼叫。

"雌狮!雌狮!"

我喊道:"救命!"

我的妻子:"天哪!"

原先我以为动物园里没有其他人,此时我才发现无数人正因害怕而疯狂地奔跑。男人、女人、老人、孩子、士兵、修士飞速逃窜,从他们离开的地方传来出逃的雌狮那可怕的怒吼，吼声越来越响。

我们被吓得无法动弹。忽然，我看见那头可怕的雌狮如炮弹般向天空高高跃起，穿过树林。

我清晰的记忆就此结束。

我看到一个黑点，我不知道它是什么。妻子也不知道。随后，我的认知再次清晰起来。

我们在一棵巨大榆树的树梢，说不出话，面色苍白，瑟瑟发抖。我们靠着怎样的力量和敏捷身手才能爬上来？……如我所说，我和妻子都不知道。

我们周围的男人、女人、老人、孩子、士兵、修士跑着，直到消失在地平线。雌狮张开爪子、露出牙齿从天空落下。在我们脚下，无比美丽的鸵鸟依旧无所畏惧地踏着舞步闲逛，既庄重又尊贵。

这是我和我妻子经历过的最期待、最紧张的时刻。因为根据雌狮的轨迹，我算出降落地点就在鸵鸟的领地内。

确实如此。雌狮落了下来。鸵鸟停下脚步。它们面对面。相隔不超过十五米。

哦，我的爱人，我的妻子！为何我如此真心地爱着你？

事情发生了，可怕的事情。

那一刻还没有，因为事情发生前，雌狮半蹲了下来，忽然间摇起尾巴，耷下耳朵，眯上眼睛，龇出牙齿，如火山般发出低吼，又将这些动作重复了几次。

面对这一系列威吓的行为，鸵鸟只优雅地向上伸长了脖子，半睁着眼等待。

等待！

这个来自地狱的词只适用于我和妻子，而非男人、女人、老人、孩子、士兵、修士，他们依旧疯狂地跑着，跑着，跑着。

我们等了……具体时间取决于计时器或者我们自己。

总之,那一刻我们的等待漫长如所有摩奴时代①,而这些摩奴时代组成了我们的循环、我们的系统和之后的事物。

突然间事情发生了,可怕的事情:

暴怒的雌狮出击了。

又是一次高高的跳跃,雌狮发动扑击。当它扑出去腾空时,巨大榆树的树叶颤抖着、低语着,栖居其上的蚊子飞了起来,全世界所有飞机都以华丽之姿垂直飞行。

雌狮在空中画出致命的半圆,它将刚好落在鸵鸟所在之处,扯碎它、撕咬它。

等待描绘的半圆已经描绘完毕,终点已至:雌狮将扑到鸵鸟身上。

在此我请求读者仔细听我叙述。接下来就是当时发生的事。但首先我应当解释一下如果当时

---

① 在印度教中,人间一千年为天神界一昼夜,天神界一万两千年为梵天一白昼,又称一劫,一劫分十四摩奴时代,每个摩奴时代都有一位作为人类祖先的摩奴出现。

发生的事没有发生,也就是说鸵鸟原地不动的话会发生什么。要是这样,在精准的半圆过后,雌狮将完全扑到鸵鸟身上,瞬间将它撕碎。但并非如此。事情是这样的:

当雌狮前爪的爪尖离鸵鸟的喙尖刚好还有三十七厘米时,鸵鸟迅速向右迈了一步。而这一步有些特别。如果我会画画,我就可以先画出向右迈步前的鸵鸟,随后在这张画上用虚线画出迈步后的它。可惜我不会画画。不过我重申一下,如果我会,那么画上将出现鸵鸟的两个身体,一个在画面正中,一个在右侧,当然也会有四只爪子。目前为止还没什么特别的。让我们继续,特别之事马上就到。身体和爪子都是分开的,很清晰地分开了,仿佛属于两只个体。然而脖子和头并非如此。最开始鸵鸟的脖子竖直向上,与身体垂直,而右边的鸵鸟脖子倾斜,与第一根脖子形成四十五度角,大约在第一根脖子的中间处与之会合。因此,下半部分的脖子分成两根,可上半部分只有一根，且只有一颗头。换句话说，鸵鸟的两只爪子带着身体向右移动了，而一部分脖子和头没有移动，还在原处。如果我解释清楚了，读者就能明白鸵鸟的爪子、身体和下半部分脖子已经离开了雌狮的轨迹，而上半部分脖子和头还在轨迹上。在这一刻，面对我们观看的这场演出，我想对妻子说：

"鸵鸟的横向移动精准地让我想起一九二〇年五月八日在萨拉戈萨①斗牛场，在下午四点三十一分与四点三十二分之间，面对一头韦拉瓜斗牛，贝尔蒙特②也向右迈了一步，整体的位置改变了，而双手和斗篷布停留在斗牛的运动轨迹上。那时卢克莱西娅陪着我，美丽的卢克莱西娅。"

我想这样告诉她，但时间不够了，因为我仍在以昨天圣奥古斯丁-德探戈市民惯有的缓慢

---

① 西班牙城市，阿拉贡自治区首府。
② 胡安·贝尔蒙特（1892—1962），西班牙著名斗牛士，被誉为"现代斗牛术创始人"。韦拉瓜斗牛为西班牙斗牛品种。

速度思考着、回忆着,那也是前天惯有的缓慢速度,也是今天、明天的,是自亚当之后连续不断的所有世纪与未来直到最后一刻的所有世纪的。然而我所观看的这场勾起我回忆的演出被罕见的速度支配,并非人的速度,属于受刺激后尤为愤怒的雌狮的速度,是倍增的速度,是令一切存在加速的速度:旋转的星球,移动的星座,整个宇宙,除了我们两人,在静止的榆树树梢上的两个可怜的生命,我们与这片土地上存在的、受苦的其他可怜生命一样。是的,女士们、先生们,所有存在的生命,因为他们已经停止了疯狂的奔跑,男人、女人、老人、孩子、士兵、修士,雄伟的宇宙飞船也已成功上升,此刻正如漫无目的的天鹅般滑翔。

　　三十七厘米的距离缩短为零了。鸵鸟刚碰上雌狮就大大地张开喙,而我们瞪大眼睛,在观测点惊讶地看到了所见过最不可思议的事。我重复一下,鸵鸟大大地张开喙——我根本想不到鸵鸟能这样张开喙，而雌狮，可怕的雌狮如奔赴终点般冲入其中，于千分之一秒内消失了。

消失在喙中，消失了。没有了危险的雌狮，我和妻子爬下榆树，来到圈出鸵鸟领地的隔离坑边。我们得以看到接下来这场奇妙的对战。

一个巨大球体在鸵鸟的喉部形成。在一分钟的静止后，它突然抖动起来，开始顺着鸵鸟的脖子慢慢下降。它的抖动让我想到猫被装进果冻质地的包里后愤怒挣扎的样子。

我对妻子说了我的联想。她疑惑地注视着我的眉心。她的反应是合理的，确实是合理的，因为我觉得没有谁见过在果冻质地的包里发狂的猫，就算有，肯定也不是我。妻子清楚这一点。另外，即便猫和雌狮有密切的亲缘关系，果冻质地的包和鸵鸟那覆盖羽毛的长脖子也没有任何关系，不管脖子里装了多少个球。因此妻子沉默的疑惑非常合理。可我能做什么？无论如何，对我来说那就是果冻里奋力挣扎的猫。这是我的错吗？我表达歉意以回应她疑惑的目光。她将目光从我眉间移开，我们继续注视鸵鸟。

雌狮缓缓下降。透过羽毛，我们偶尔能隐约看到它的四肢和面部正绝望地挣扎着，试图钻出束缚它、吸入它的咽喉。会成功？不会成功？我们正疑惑，突然间所有疑问都消失了：不会成功，不会！因为只要可怜的雌狮有一点成功的可能，鸵鸟无疑会有所觉察，它会流露恐惧的表情，或者至少不安的表情。然而它并未如此。甚至恰恰相反。第十五次摆动脖子时，鸵鸟微笑起来。随后第十六次摆动脖子时，它的微笑变成柔和、紧张、断断续续的轻笑。毫无疑问，雌狮的努力让它有点发痒。更加毫无疑问的是，瘙痒正加剧，因为在第十八次摆动脖子时，它大笑起来，欣然地大笑起来，而在第二十一次摆动脖子时，它忍不住爆发洪亮的大笑。

面对这样的表演，我心爱的妻子用精致大理石般的小手撑住腰腹，发出"哈哈哈！"的笑声。看到鸵鸟和爱人都笑了，我也发出前所未有的最响、最洪亮的笑声。

那真是太美妙了。我们仨在地上打着滚，毫无保留地大笑，与其说是笑，更像号叫，我们两人双手抱着肚子，鸵鸟双脚抱着肚子，不停地发出大笑，连空气都颤抖起来，我们笑得窒息，如被捆绑、被束缚般蹬起腿，在地狱般狂热的同一片欢乐中打着滚。

笑了多久？谁知道呢！除了大笑之外我们什么都不知道了。我只知道当包裹雌狮的球降到脖子的底端时，鸵鸟最后一次摆动起脖子，雌狮便进入了它的身体中。随后……寂静。鸵鸟安静下来，巨大的双脚一动不动地站立，平和得仿佛陷入沉思。我们也闭上嘴，庄重地等待着。

手表指针在整个世界的绝对安静中行走了四分之一圈。

附近圣耶罗米修道院的钟声响起，铜质的敲击声将寂静劈开、打破。鸵鸟打了个喷嚏。接着我也打了个喷嚏。最后我圣洁的妻子也打了个喷嚏，完成了这次循环。

生活仍在继续。

这次怪异至极的冲突发展出另一阶段。鸵鸟摆出奇怪却熟悉的姿势。

"它要排便了。"我附在妻子耳边小声嘀咕道。

"安静。"她说。

我们并未商议，却牵起手挪到鸵鸟身后，正对着它的尾巴。

我们再次等待起来。

等待很快有了结果。它尾部的羽毛一阵抖动，开出一朵华美的花。随后圆形之花盛放开来，我们看着花朵中露出雌狮的鼻尖，内心的喜悦难以描述。雌狮渐渐向外滑出。我们看到它的鼻子、眼睛（一开始闭着，随后眨了眨就睁开了）、额头、耳朵、脖子。我们感觉自己看到了太阳于灿烂晨光中升起的景象。妻子热烈地鼓起掌。

妻子的掌声让雌狮意识到了我们的存在，它

丢来一个暴怒的眼神。我对它做了个鬼脸，妻子吐了吐舌头。这样足以让它更加愤怒，它开始挣扎着解放肩部和前肢。鸵鸟在密切观察。它发觉猎物有挣脱的可能，便收紧圆形之花，而雌狮因此大叫起来：

"咿咿咿咿咿咿！"

它不顾疼痛坚持着。可对方也在坚持。我们目睹的场面简直令人毛骨悚然。是这样的：

雌狮无比努力地向外挣脱，进展缓慢，但的确在挣脱。而鸵鸟也无比努力地收缩括约肌，抓紧雌狮的皮毛以阻止它。因此我们可以看到雌狮的头部正慢慢出现，正常且带有美丽的皮毛，可当脖子出现时，那里的皮毛已被剥去，被可怕地剥去了。它伸出一只爪子，随后另一只，仿佛某人从毛绒手套中抽出湿漉漉的手一样。要是能从鸵鸟内部观察，那也可以说像某人按住成熟香蕉的外皮挤出芳香的果肉一样。太可怕了！就这样，它的整个躯干挣脱出来；就这样，它的后爪挣脱出来。它就站在那儿,只剩尾巴还未挣脱。它尽了最大的努力:它发出鞭打般的刺耳声后,抽出了尾巴,而我们看到了能想象到的最可怕、最阴森的雌狮。它的全身都在滴血,血滴在草坪上,发出如远方清晨细雨一样的低语。随后它被汗水包裹,浅绿色的汗水仿佛不时为它覆盖上一层赛璐珞塑料。然而这层汗水突然在爆炸中脱落下来,如同一把船桨横着落入平静的海面。随后又是血滴,接着是汗水,与此同时可怜的雌狮一直盯着天空。最终它就那样疯狂地跑起来。我们看着它消失在树叶中,看着它血淋淋的身体消失了。当它的尾巴尖也消失后,我们的目光顺着雌狮奔跑时留下的浅绿色血迹,看向尊贵鸵鸟的臀部。

那里已经闭合,鸵鸟心不在焉地望着盘旋的小鸟。可当它看到我们时,挤了挤眼睛。我们的目光停下来。随后鸵鸟将长脖子转向身体后方,伸出鸟喙,叼住被害雌狮的皮毛,以令人钦佩的娴熟技巧取了出来。它将皮毛铺在地上,两只大爪子将皮毛适当按压平整，随后在半张皮毛上躺下，用另外半张盖好，露出鼻孔，闭上眼睛。一分钟后，它进入了深睡。

我看向妻子，她也看着我。

"咱们溜吧！"我对她说，"咱们溜吧！我受够雌狮和鸵鸟了！"

"没错，"她回答，"受够了。咱们溜吧！"

圣耶罗米修道院的沙哑钟声宣告了正午的到来。

我们饿了。

我们前往附近的宗座圣殿餐厅,在桌边坐下。

妻子点了:

卤鸭

炖羔羊

血肠配土豆泥

利马果奶昔

我点了:

猪肉卷

康吉鳗杂烩

洋葱拌海茸

糖浆配炸面包圈

最后我们都点了咖啡。

"你结账了吗?"她问。

"结过了。"我答道。

"那咱们走吧?"

"走吧。"

我们离开了。

几个小时前,天上的云层散去了一会儿,让我和妻子、狒狒唱起歌来;随后云层又聚集起来,我们因此噤声;再后来云层变得透明,让光线穿过,照亮猛兽的冲突;最终在午餐时云层退去,我们得以在金色阳光的陪伴下飞快地吃完菜品;此刻云层再度聚集,天色变暗,迷蒙的雾气降下,圣奥古斯丁-德探戈看起来就像一座冷漠、黏腻的蓝色大都市。

我们艰难地前行,被路灯的影子吓到。去

哪儿呢？有时我们跟上某个行人，可当公共汽车或有轨电车驶过，将我们拦下时，浓雾就让我们再也看不到那个人了。后来我们交替着左转、右转，寻找某样东西，随便什么东西。然而什么也没找到。去哪儿呢？

突然一个念头冒出来：去我们的画家朋友鲁文·德洛阿的画室，就在圣母无染原罪大街。

我们向那里走去。

鲁文·德洛阿的画室在二号院一楼，这栋楼相当昏暗。光线穿过藤蔓上不断晃动的叶子，被染成绿色，照进大窗户。磨砂玻璃让这道绿光变得像水一样。

我们走进楼里。

鲁文·德洛阿在画画。顺带一提，鲁文·德洛阿已经不间断地画了二十四年。他在画布后看到我们来了，便起身迎接。出于礼貌，我们也向他走去。我们三人做出游泳的动作，我和妻子从地面轻轻跃起后缓缓转圈向他靠近。

他请我们坐下。他坐在那边，我妻子在这边，我面对他们坐在中间。我对他说：

"鲁文·德洛阿，你的画室太绿了。"

"是显得绿。"他纠正我。

"像在水里。"妻子强调。

我们三人沉默地抽着烟。

于是我开始透过螺旋烟雾观察这位亲爱的老朋友。

由于藤蔓反射的绿色，他浓密的黑色头发看起来像秋天稍显枯萎的牧草。美洲豹般的五官未曾改变。皮肤依旧光滑。他的确年轻。他从七岁开始画画，画了二十四年，如今才三十一岁。他目光的百分之九十都看向内心，剩下的百分之十分散开来，显得有点空洞却无比友善。他抽画家该抽的烟斗。不打喷嚏也不咳嗽。每过一刻钟就说道：

"挺好，挺好，挺好。"

我回应道：

"没错,先生。"

我的妻子:

"就是这样。"

一小时后,鲁文·德洛阿看向我的另一半。我也跟他一起看向她。她看起来是透明的,像一座小小的坟墓。在圣奥古斯丁-德探戈的街上,她的头发是栗色的,到这儿后栗色中混入了绿色,几乎让我觉得恶心。亲爱的老朋友却没觉得恶心,一直贪婪地看着她。

于是我看向自己的双手,想在置身画室的自我中找到某样活着的事物。可双手也被那扇大窗户影响了,它引导我陷入关于死亡最深沉的冥想中。

我持续冥想,只是偶尔会被朋友的"挺好,挺好,挺好"和妻子的"就是这样"打断。最终我的一部分恢复了生命,我想知道:

"什么东西就是这样?"

我想,除了鲁文·德洛阿的贪婪之罪外也没

别的可能了。我判断是时候换个话题了，便直击绘画技巧，对朋友说：

"鲁文·德洛阿，你走错路了。"（说这句话时，我和我的内心绝没有一刻是指他的贪婪，而是指他的画作，更准确地说是指他绘画时所处的环境，因为说实话，他根本没给我们看他的作品，我们上次看到他的油画还是五年前。因此，我要明确这一点：我说的只是环境。）

"鲁文·德洛阿，你走错路了，你在不自然的环境中生活、创作。只受绿色的影响，你是不可能画好的。这儿更像雨林深处而非画室，而且是我们——尤其是我们小时候——想象出的雨林深处！在漫长的一小时中，我惊讶于这里的寂静氛围，每时每刻都在期待听到金刚鹦鹉的歌声、白耳负鼠的叫喊和食蚁兽的呼啸。在这样的环境里你能画好吗？"

"没什么危险，"鲁文·德洛阿答道，"再说了，这种颜色不是绿色，跟雨林也没什么关系。

它是灰绿色,准确来说是发绿的灰色,雨林中除了新生的蓝桉树,见不到这种颜色,它哪里算得上绿色,几乎算不上。说起来,这种发绿的灰色跟烈日下的青铜色、暴风雨中的紫色一样有存在的权利。"

"朋友,我们各退一步,"我说,"对于你说的发绿的灰色,我无法接受。我们各退一步,把它当发灰的绿色,我警告你,对于这个问题我有最终解释权。但我还是让步了。你为什么不能让步呢?"

"怎么让步?"他冷漠地问道。

"把窗外藤蔓上透光的叶子剪掉。"

鲁文·德洛阿轻蔑一笑,反问我:

"你疯了吧?"

他顿了一分钟,来回看着我和我妻子,随后以秘密的口吻对我们说:

"我是个孤独的人。我没有妻子、孩子、亲戚、朋友。我也没有嗜好。就算抽烟也是出于习惯而不是为了获得快乐。我不去剧院也不去电影院。我不爱女人也不爱男人，不爱动物也不爱物件。对我来说工作又苦又折磨。我不知道快乐是什么。我说得夸张了。我还是知道一种快乐的，不过只有一种：正是这些透光的叶子带给我快乐，而你让我把它们剪掉。你来这里（随后他面向我妻子）。夫人，您来这里（随后他面向我们俩）。我们看看那些叶子。你们将看到，在微风吹拂下，叶子的形状与阴影将变成各种各样在辽阔的绿色水箱中静静游动的鱼。看它们经过，互相靠近又分开，回头，紧贴在玻璃上，旋转，消失，再度出现。我能感觉到水箱中的水从窗户滤进来，淹没一切，淹没我。我也变成鱼。我在这样的环境中轻轻游动，烟斗的烟雾缠在我身上。这是我唯一的快乐。你们忘了，我其实并不快乐。"

"鲁文·德洛阿，"我亲切地握着他的双手，"我们向你道歉。事实上我们挺快乐的，有亲戚、朋友，我们的被单下存有许多愉悦之事。我妻子常去电影院，而我常去运动场。鲁文·德洛阿，我们以自己的名义发自内心地请求你，永远别剪掉哪怕一片叶子，永远在你自己画室的空气中快乐地游泳。"

好友动情地拥抱了我们，拉住我们的手，带我们在水中缓慢地、缓慢地、缓慢地跃起，连我们的呼吸也停止了，当双脚一点点踩上画室的木地板，我们满心欢喜。

我们再次坐下。我对他说：

"我们不聊那些叶子了。它属于你的私人生活，我们不会插手的。不过我坚持认为美学属于我们所有人。发绿的灰色、发灰的绿色、雨林、新生的蓝桉树，随你怎么想，但它一定会影响到你。朋友，你看，肯定有一天你会把蓝色看成绿色，把黄色看成绿色，把橙色看成绿色，而把绿色看成白色、黑色或者其他某种颜色。可不能让这种事继续下去。你看了那么多绿色，最终会看不见绿色的。你可能要辩解说深入了解一件事比囫囵认识一千件事有价值。然而我想说，你这已经不是了解或深入探究了。你这是被局限了，鲁文·德洛阿，相信我。这样下去迟早有一天你会把红色也看成绿色的。"

"停！"鲁文·德洛阿喊道，"停！别再说了！"

"为什么？"我惊讶地问道。

和刚才一样，这位好友又顿了一分钟，来回看着我和我妻子，随后带着一丝悲伤，以秘密的口吻对我们说：

"看起来你们根本不知道红色在绿色中所起的作用啊！你们记住：红色是绿色的补色，这个互补色原理是世界上最重要的事情。"

我嘟哝着：

"嗯！……"

妻子微微睁大眼，随后回归常态。

"没错，"鲁文·德洛阿继续说道，"无比重要。红色，无论何时都是绿色的补色，是对绿色的补充。你们别笑！别笑！我来解释一下。补色可以调节平衡，调节平衡就能维持稳定。维持稳定,这一点很重要!维持稳定就能实现。实现什么?你们会问。问得很合理。我来解释一下。就能实现生命的流通循环。我再说最后一次:流通,流——通——。那么让我们想一想,让我们开动脑筋。生命流通循环,因为它有可以循环的地方。这是最基本的。它有可以循环的地方,因为在这个地方存在一种稳定状态,实现这种稳定状态的唯一可能是永恒的——或者几乎永恒的——平衡,而想要平衡成立就需要至少两个事物。只有一个的话,它要跟什么、跟谁才能维持平衡?要让两个事物维持平衡,它们之间就要形成互补关系,说白了就是需要互相补充。否则就会产生混乱,让整体消失,会回到万物被创造的前一天。这样的话,万物都不存在了,无论是你还是你尊贵的妻子,无论是我还是我的油画。然而万物都在,都是现在的样子,生命在平衡的伟大互补中循环,而我,不幸的鲁文·德洛阿,也得以像造物主那样,为生命添上一个点、一管颜料，我会说因此我感受到了循环的愉快之处。我的朋友们，这就是我在画室的画布上做的事情。"

他边说这番话边匆匆穿梭于角落里、家具下，取出十二幅油画，将它们排列在大窗户对面的墙根。

我和妻子沉默地欣赏。鲁文·德洛阿站到我们身后举起双臂，让双手高于我们的头颅，他就这样一动不动、连眼都不眨地守候着我们在沉默中的欣赏。

鲁文·德洛阿的油画是绿色的。

鲁文·德洛阿的油画包含了所有绿色。白天的所有绿色和夜晚的所有绿色，往昔岁月中的绿色。包含了地球一路演变抛下的所有绿色、如今依旧陪伴它的所有绿色和未来将随它转动的所有绿色。属于四大元素的绿色。属于以太[①]的绿色。

[①] 古希腊哲学家恩培多克勒认为万物都是由水、火、土、气这四大元素构成。古希腊哲学家亚里士多德认为在大气之上的宇宙中充斥着一种名为"以太"的物质，这种物质也被称为"第五元素"。

属于胚胎中生命的绿色，属于分娩、繁茂过程中的绿色，属于鼎盛时期的绿色，属于棺材内空气被侵蚀时生成的绿色。沉默的绿色，低语的绿色，轰鸣的绿色。上帝的绿色。撒旦的绿色。所有，所有！我还有什么理由坚持说下去？仅凭他陈列出的那些绿色就够我写出十本书的内容，要是我列举出每种绿色与其他绿色的关联，那就算写一百本书也写不完。况且"所有"这个词难道不足以说明问题吗？让我们把这个词好好记在脑袋里：所有。所有绿色。这样表达就足够了。可不知为何，一种类似顾虑的感觉促使我继续列举绿色，似乎如果不继续下去就意味着我对朋友优秀的绿色才能缺乏尊重。好吧，可是第一本书的第一页的第一行要从哪里开始呢？那就说说画中一直被忽视的我的绿色吧。还有我妻子的绿色。我们朋友的绿色。我和妻子间关系的绿色。我妻子和朋友间关系的绿色。我和朋友间关系的绿色。置身那一处时我们三人的绿色，只要我们挪动一下，就会出现另一种绿色（油画上也有这种绿色），那一刻与此地的绿色，就像时钟从未停止，鲁文·德洛阿的油画中的绿色也是如此，等等。无数个等等。天哪！"所有"还不够吗？

我总担心我没有公正对待他的才能。然而我已无法列举下去，因此我们至少得怀揣敬意，举例说明朋友的绿色对周围的一切究竟影响到了什么程度。

是这样的：

正当我和妻子欣赏油画、朋友在我们身后举起双手时，老邻居饲养的一只巨嘴鸟对着天空唱起粗野的歌。在此我要说明，由于此前我在不少地方见过这种鸟类，我确定这一只是盖氏智利大嘴鸟属[1]，也就是说虽然它是一只彩色大嘴鸟，却没有一根绿色羽毛。

好了，它刺耳的歌声裹挟着不和谐的色彩直

---

[1] 该学名为作者杜撰，改编自"盖氏智利蟾属"。

击画室，以常速从高处穿过大窗户，落在我们头上。随后歌声像一个圆润的肥皂泡在那里膨胀、炸开，变成一阵风拂动我们的头发，降下一场绿色的细雨，雨丝先穿过我们的耳朵，随后让我们眼中的十二幅油画变得和谐起来，接着使我们感到全身都浸在藻类和死水的平静沼泽中。

本来这样就够了，可直到现在我还并未脱离感官的世界，绿色的世界，一个无论如何都仍然可以通过感官感知的世界。因此请容许我再多嘴一番。

还有一些绿色是无法通过感官感知的。我得说明一下。毫无疑问，鲁文·德洛阿的那套互补色理论非常正确，以此刻的情况为例，要维持平衡从而使存在之物得以存在，就要为已有的绿色配上等量的红色，反之亦然，要为已有的红色配上等量的绿色。在整个自然界、整个宇宙范围内都是如此，否则就会像我们所说那样一片混乱。不过我们还是回到此刻的情况中。

现在，无论是我还是其他人都会想起雨林。绿色，绿色，还是绿色！连一朵小红花也没有。为何在这样的不平衡中万物还未爆炸？我还想到了大海。大海是蓝色，墨蓝色。一团云飘来，忽然间方圆数公里变成绿色，几乎是瞬间出现的。哪有红色和平衡？数百间棕色木屋突然起火！无边的红色火舌闪烁着、变幻着伸向天空，而一秒钟前它们还并不存在。此刻哪有同样闪烁着、同步变换着——毕竟每种颜色都有相应的补色——的绿色出现以维持平衡？

面对这些问题，鲁文·德洛阿毫不犹豫地答道：

"在某个地方！"

随后不安地补充道（他上一句回答挺郑重的）：

"我们看不到而已，那是另一回事。不过从补色出现的那一刻起就无法消失了，如果消失，那么只要突然出现一丝磷火就……"

"没错！"我和妻子插嘴道，"混乱！我们都知道了。"

"就是这样,混乱。既然它们存在,哪怕我们看不见,那也是存在的。哪怕我们看不见,只要它们存在,就能反映在油画中,因为绘画艺术无拘无束。"

我们再次沉默地欣赏。

的确存在不可见之物。

我伟大、超然、包容的妻子一下就察觉,在朋友的油画中漂浮的所有绿色都有晚霞相伴,每天为大地之上的某处天空染上血色的如火般的晚霞。她几乎为之痴迷了。

我的心并没有那么辽阔,无法超越自己的能力范围。我只察觉到一丝转瞬即逝的绿色,那是某种鬼火,顽皮地在这座城市和其他城市的街道上游荡。我来试着说明一下。

我和城里的其他男性居民一样,喜欢在午餐前的上午沿着美丽的本笃二十世[①]大街漫步。很

[①] "本笃二十世"为作者杜撰名称,但本笃十世、本笃十三世和本笃十四世均为与罗马天主教所选教皇敌对的教皇。

多女性居民也是如此，也喜欢在同一时段沿着这条街漫步。其中部分女性喜欢穿红色衣服。穿红色衣服的女性一般都既高挑又柔弱，她们眯着眼微笑，呼吸时胸脯起伏。我便看向她们，目光追随她们，直到她们消失在街角或人群中，那些被红色浸染的曼妙身形让我感到愉悦。不过也无须否认，我清晰地感到了一丝不安。

我长期寻找这丝不安的源头，却没有收获。我并不满足于仅仅将其归因于性别。还有其他原因，就在昨天，我终于在朋友的画室里找到了。

我能直接感知那些女性化的灼热红色，因为那些红色包裹着柔软的年轻女性，然而并没有相应的绿色能令这些红色平静下来，以达到让人舒适的平衡状态。就是这样。因此当我看到她们走远，我便感到失衡，随后坠入地狱。

再也不会这样了！从昨天开始，我可以平静地在本笃二十世大街上漫步了，因为在鲁文·德洛阿的油画的影响下，我将自己察觉到的那些不可见的绿色刻进了心里，它们就在某个地方，鬼火般转瞬即逝，跟随着每一个在一抹鲜血中远去的年轻女性。

我转向鲁文·德洛阿。

"你太有天赋了。"我对他说。

"你是这么想的？"他好奇地问我。

"当然了，我的朋友！那些红色看似孤独地存在于世上，你真了不起，能画出伴随它们的那些不可见的绿色。"

我又转向油画。

然而就在转身时，我几乎要跪倒。我忘记了一种绿色，完全忘记了，当我猛然间再次看向这些油画时，它一下出现了。卢克莱西娅的绿色，美人儿卢克莱西娅！它就在那里，就留存在那里！黎明时分慵懒的绿色，当她躺在床上，身体因为太多的爱而发霉变绿的绿色！

我久久地欣赏着。

美人儿卢克莱西娅的绿色颤抖起来，缓缓移

动着，缓慢得让我几乎以为听到了自远处圣耶罗米修道院中传来的阵阵钟声。

我仔细聆听。或许是圣耶罗米修道院的钟声，我也不确定。无论如何，卢克莱西娅的身影摆动着消失了。

我等待着。

卢克莱西娅的身影在一片绿色中远去。而在修道院，敲钟修士的绿色，将钟庇护的塔楼那长长的绿色，支撑塔楼的石墙的绿色，当修士拽住绳子摇晃钟舌时从金属上脱落、在半空中叮当作响的绿色，都开始消散了。

我想这足以向朋友表达他应得的敬意了。就绿色而言，这当然够了，然而在鲁文·德洛阿的油画上还有别的：

每幅画上都有且仅有一种红色。

熟悉画家提出的互补色理论的人会明白，这些红色里的每一种都与那幅画上所有绿色形成准确的、细致且准确的、极度准确的互补。因此无须反复强调这一点。只需知道若非如此,上述所有绿色都无法出现,那么……总之,这个理论将我们带往整个宇宙。为了让人们更好地理解这些油画,我只想说每一种红色都根据需要偏向黑石榴石色或夺目的朱砂色,它们温顺且忠诚地怀着伟大的爱屈服于四周众多的绿色,就连形状也融入这完美的两极对立中。有时,红色是弯曲的长形,如蛇盘旋;有时是一大块被切割的污渍;有时是辣椒留下的小斑点;有时是晚期癌细胞美丽的触手。总之,完美,真见鬼!

好吧,面对这样的完美,我却突然被一丝疑虑攫住。我挠了挠头,紧抿嘴唇。我点燃一支烟。

"我的朋友,"我对他说,"这不妙啊。"

他目瞪口呆。

"冷静,朋友,"我继续说,"让我解释一下。我应该说这可能不妙。因为我刚注意到——我不知道怎么做到的,反正就这样突然间注意到了——每一种红色和所有红色形成的整体不仅是对各自所在油画的绿色的补充,还发挥了更大的作用。"

"太好了!"

"听我说。你油画上的绿色也是画室及其周围环境的绿色,是你在其中生活、创作的这个巨大洞窟的绿色。因此,那些作为补色的红色不仅是对这些绿色的补充,也是对整个画室的补充。这些红色不只属于你的油画,也属于画室中的整个环境。"

"太好了!"

"是的,太好了,因为一切——人类和油画——都在画室中。不过,打个比方,要是你拿着油画去街上展览呢?"

"那么?"

"鲁文·德洛阿,请注意!请注意!一旦你把油画从这里拿走,大多数红色就没用了,就会失去它们的目标,因为周围的环境也将改变。那么,红色失去了在画室中支撑它、依附它、塑造它的事物，就会剥落，掉在地上，溅到你的鞋子上。这可不妙啊，鲁文·德洛阿。看在上帝的分上，相信我吧！"

他一言不发地沉思着。随后回应道：

"没有危险。我试过了，它们不会剥落。我把油画拿到院子里，拿到门口，还拿到这条街上风干了一会儿，它们没有剥落。而且我还拿着十二幅油画去了老邻居家，把它们一幅一幅地摆在那只彩色大嘴鸟面前。它没有绿色羽毛，却有猩红的羽毛，但这样也丝毫没有撼动画上的任何一种红色。我再说一次，没有危险。"

"既然已经试验过了，那也没什么好说的了。它们不会剥落，我同意。但也不能排除一部分红色一旦被带离这里，就失去作用了。你会说只是小部分，我却会说是大部分。不过我们都同意，确实存在这样的一部分。当油画被挂在展览的墙壁上，这部分无用的红色就开始寻找目标，四处徘徊，想让自己变得有用，折磨那些为它们停留的眼睛，制造错误，造成误解，在参观者和十二幅油画间铺开混乱的面纱。我的好朋友，最终大家什么都没法明白，就得在毫无感觉的讨厌情绪中离开了。"

此时我注意到鲁文·德洛阿盯着我，表情扭曲。我闭嘴了。他问我：

"然后呢？然后呢？"

"兄弟，没什么！就是那样。参观者离开时双眼显得毫无感觉。没有然后了。"

"什么参观者？"

"兄弟！画展的参观者，假设办一场画展。"

他抬起眼，目光几乎带着威胁，又问我：

"什么参观者？回答我！"

我开始感到某种不安。

"假设为你的作品办一场画展，假设有一些参观者来了。而且这些不重要。你怎么生气了？"

"因为你没有用准确的词语回答我。我问第三遍，什么参观者？"

不安开始变成恐惧。鲁文·德洛阿非常生气,目光炯炯。

"准确的词语?"我反问,"亲爱的朋友,我没想到。如果'参观者'不准确,那就是'爱好者''评论家'或者'大街上的某个人'。"

"行吧。"他边说边靠在椅子上,额头上出现了三颗汗珠,"行吧。既然你说不出准确的词语,那我说。你想说他们会双眼无神地离开……你知道'他们'是谁吗?"

我等待着。鲁文·德洛阿感叹道:

"资产阶级!"

漫长的沉默。我低声说:

"好吧。是资产阶级。"

"不过,"他继续说,"你真的认为能让我不安的资产阶级已经出现了吗?听好了,记牢了,得牢到世界上没什么能让你忘记:要是有资产阶级看错油画上徘徊的红色,我再说一次,要是他们出现了……那好吧,看那里!"

我惊慌地回头看他所指的角落。我的妻子也照做了。我们面色苍白。

角落里挂着一把巨大的屠刀。

"你懂了吗？"朋友问我，"等他们出现，我就用左手一个一个地掐住他们的喉咙，右手举起刀，插进他们的内脏翻搅，直到他们彻底死掉，彻底！彻底！！暴怒？怨气？报复？才没有！我要碾压、揉捏、切碎他们的内脏，直到榨干他们血液里所有红色。有了这些红色，我就能创造出作品里缺失的一切，创造出上帝计划未来将要创造的一切，火的红、红宝石的红、花与肉的红、月经与伤口的红、羞愧与荣耀的红。我将用他们那鲜血淋漓、备受折磨的腹部创造一切！棕红、石榴石红、朱砂红、猩红、紫红、洋红、珊瑚红、玫瑰红、枢机红、樱桃红、石榴红、胭脂红、肉红、苋红、番茄红、枣红、砖红、三文鱼红、炭红、火花红、火焰红、熟蟹壳红、熔化的火漆红、炽热的铁红、革命的红、旗帜的红、动脉的红和肠道的红！"

好友像公猪那样号叫。我感觉双腿不由得弯曲起来。我的妻子离昏厥也只差一丝。我心中生出不可遏制的念头："这畜生要疯了，要把我们当成老鼠那样分尸。"

我疑惑地看向妻子，用眼神问道：

"我们，我和你，属于他说的资产阶级吗？"

我的另一半以目光回答我：

"或许属于。"

我没有等下一滴红色出现，径直走向鲁文·德洛阿，热情地握住他的双手，激动地说：

"亲爱的好朋友，我们对这次友好、有趣的拜访深感愉快。要是有机会，我们很高兴再次来做客。不过现在我们还有其他事情要处理。亲爱的朋友，下次再见。"

妻子也说：

"鲁文·德洛阿先生，能欣赏您杰出的才能、听到您风趣的言谈，我的高兴难以言喻。那我们下次再见。"

他说:

"下次再见,下次再见。"

我们匆忙逃走了。

在画室外,我对妻子说:

"亲爱的,幸好我们出来了。我受够这些绿色、红色、画家和水一样的环境了。所以,快点,咱们溜吧!咱们溜吧!"

"没错,"她说,"我受够了。咱们溜吧!咱们溜吧!"

我们前往十字褡广场的等候室。我和妻子间发生了类似以下对话:

我:"我发现到现在为止,今天都过得十分空虚。"

她:"并非如此。我觉得今天的节奏相当紧凑啊。"

我:"可能感受不同吧。但我们得出了什么结论?"

她:"确实。不过总的来说,我们得出了什么结论?"

我:"什么?"

她:"什么?"

我:"什么也没有。"

她:"什么也没有。"

我:"这不可能。"

她:"怎么解决?"

我:"你会知道的。让我们多安静一会儿。你就飞去你喜欢的地方——在脑海中,懂吧。我呢,就观察我们周围的一切事物。你会看到我将得出怎样的结论。"

她:"同意。"

这里和全世界其他的等候室一样:昏暗、尘土飞扬,尘土尤为严重。我们坐在大窗户边。在窗外的十字褂广场上,日常生活还在继续。等候室里有不下二十人。

我对人和物抱有同样的兴趣,特别是在等候室,所有人和物都一样在等待着什么。不过我还是从一个跟我一样的人开始:坐在对面另一端的大肚子男人。

没错，当然了！一个大肚子男人！观察他多么容易！正是因此，我看向他，看向你，无名的大肚子男人。穿着一件廉价羊绒衫外衣的肚皮，在短腿上套着浸满汗液的鞋的肚皮，有头、头上有胡须、戴着圆礼帽的肚皮。我刚刚经历了一些事，妻子合理地用"激烈"一词形容它们：目睹一个同伴被送上断头台；聆听上千只狒狒沐浴在阳光下演唱的颂歌；两只愤怒的野兽之间无与伦比的冲突；绿色与红色的秘密……什么都没有！什么结论都没有！这意味着我还没遇到伟大的事件。现在有了，面对面，我与大肚子男人。

观察一个大肚子男人……我希望得出某个结论，即从中获得些什么，现在我在想，这会不会比观察创世第三天水与旱地的分离更加容易？也许吧。可我回忆了读过的大量资料，却并未发现过去或现在有谁通过观察大肚子男人有所收获。我也不知道有谁尝试过，有谁敢于观察对面坐着的大肚子男人。

有人会说文学作品中满是、全是大肚子男人，每个大肚子男人背后都有一位作家围绕着自己所选的肚子创作颂歌或心理剧，编写逸事或悲剧。是的，的确如此。是的，但关于大肚子男人本身呢？作为绝对、不容置疑的事实，作为绝对明晰的事实的大肚子男人，又在哪儿？我知道了，我知道了！我也可以对这个肚子尽情创作。我可以讲述灰暗、忙碌的生活，可以用牛的视角讲述，它吃着锅里炖的兔食，今天反刍昨天吃的，明天反刍今天吃的。我可以讲他的妻子不爱他了，他默默忍受着肚子，思考着尽管从原则上来说这不公平，但现实中没人会爱这样的肚子。在这种情况下，肚子就是令人痛心的悲剧元素。我也可以将他看作欢快却狡猾的人，他并不吃草，而是品尝各样处理过的小兔子，喝着上等红葡萄酒和白葡萄酒，舌头发出啧啧声。他那些肥胖的朋友和他一样，又一个软木塞弹出，他的妻子满意地笑了，她喜欢他，喜欢他。他不会今天反刍昨天吃的——想都别想！而是昨天反刍今天的小兔子，今天反刍明天的乳猪。这样一来，我为何不能用生命、两条命甚至更多条命让他的肚子包裹地表所有存在之物，包裹所有胖子，甚至瘦子呢？我可以让大肚子男人做任何事，做梦，恋爱，在天堂和金色中维持平衡，降落，堕落，探向坟墓中的腐烂物质。

　　这一切都很棒。的确，可对面这个大肚子男人呢？他就坐在那里。他就存在于此。而我在观察他。但他在哪儿？我的问题问的不是他真实的生命、思想和心愿，否则只会回到起点。我也不是说要进入他的内心，与他合二为一，同时又不打断双方的生活。这是指他在那里这一事实，指大肚子男人的存在，指我的存在，指我被意志掌控：观察他、定义他、了解他。这是指当我想这么做时，大肚子男人就会溶解，他的轮廓变得模糊，他本人对我来说深不可测，而我会呆住，一如某个浑浑噩噩的下午，我呆呆地看着安装在墙上的开关，发现它孤零零地在那里，一动不动。当我想一探它的真实性，它就让我与人世隔绝，没一会儿，我就再也不理解今世或来生了。

不过，我们回头吧，回头吧。昨天我在等候室许下了一个诺言。我向妻子许诺我会通过观察得出结论。目前为止还什么结论都没有。时间在等候室的钟声里流逝。

观察，我的天哪，观察！让我们一步步来。稍微沉着点、冷静点。我当然知道观察，或说认识另一事物的两种方法。这两种方法的对象都可以是物品、动物、书或其他东西。拿书来举例子吧，对我来说相对容易点。第一种方法：打开第一页，按顺序不间断地阅读整本书，直到"完结"一词出现。第二种方法：买下这本书，带回家，从上到下、从正面到背面地观察；把它放在自行车上；晚上带它出门，翻阅它；把它丢在桌子上；告诉朋友我家有这样一本书；把这件事告诉两个、三个朋友；我们阅读任意一页的任意一句；有人说着"我看看，我看看"向我借阅它；此人皱眉翻看而我暗地里观察他的表情；此过程持续几天或几个星期；没人阅读这本书，但所有人都活在有它存在的环境中；一个月后我们每个人都就这本书及其作者发表演讲。这就是第二种方法。

很好，但无可反驳，第一种绝对是鸟类学家之类的人会采用的方法，而第二种是蹩脚诗人喜爱的、最爱的方法。

我成了鸟类学家：我要对大肚子男人进行从头到脚的详尽说明，内容涵盖体重，身高，社会地位，过去、现在、未来的打算，动脉压，欲望，痛苦，账户流水，还有……我怎么知道！我思考着。事实证明我并非鸟类学家。

若我是蹩脚诗人：我将围着他转，我们的交流只有几个词，我将悄悄观察他的一举一动，无论他独处、与妻子在一起还是与孩子在一起，无论他在咖啡馆里、电车中还是街道上，无论他身边经过的是一群人还是本笃二十世大街上一个身穿红衣并用看不见的绿色将他包裹的年轻姑娘。我将恍惚地、恍惚地在意识与潜意识的中间地带呼唤自己，呼唤恍惚的时间中诸多已经追逐过大肚子男人且比我做得好的恍惚的作家。我将了解大都市中优秀胖子的丰满人生。我将写下来。

没错，可是对面这个胖子呢？时间再次在等候室的钟声里流逝。我圣洁的妻子紧靠在我身边，在等候室里等待。

哦，天哪！有天赋的人会怎么观察呢？无论如何要沉着、冷静，最重要的是让我们一步一步来。

让我们从定义这个胖子开始：他的帽子顶朝北；他的靴子尖朝南；他的帽檐、耳朵、脖子、肩膀、手臂、胯部、大腿、小腿、脚的轮廓的顶点朝向东西方向。整体看来他是黑色的。黑色之上有面部的一片油光、衬衫的一片白色、一片……（有点退回到鸟类学方向了，不过这个大有什么？我意识到我从未观察过肚脐底部。应该会有细小的褶皱一道道交织在一起。或许。我要去观察一下。

观察一下？

观察一下！见鬼！……

那大肚子男人的整个肚子呢？那大肚子男人本身呢？

"作为绝对的事实，作为真相，作为明晰无误的原则的大肚子男人……"

而我在两道细小褶皱的最底部！……

面对这种情况一定要沉着、冷静。让我们一部分一部分来。肚子就在那儿，整个肚子，圆的，圆的。好吧。没错，但我的目光在圆形上游走。随后，滑落，并未将它穿透。我在摇晃，在摆动，圆形只是周围环境，无论如何也算不上绝对明晰的真实肉体。这是成为蹩脚诗人的开端。属于印象主义，含糊不清。证明：当我转过身，看到了横向穿过的金链子，它几乎失焦了。想要看清金链子，就要把目光停在它上面。可这样一来肚子的边缘就失焦了。而且金链子的两端也失焦了。我只得再次向另一边移动视线。我停下目光就会看到其一个圆环，除此之外什么也没有。或许我只是不经意间看到了圆环，我在移动视线。但不重要。我没有在意它，这就够了。一个圆环。跟其他圆环一个样。我的大肚子男人没什么想象力。我想起其他链子，比如迭戈舅舅的，上面有三种圆环。不重要。这条链子的圆环都一样。都一样吗？等等。

每当我看到一条链子，无论长短粗细，无论它是由相同的圆环还是相同的长环连结而成，我都会放大每一个环却并不改变形状，直到它们变得巨大。我专注地观察它们在一点点变大时如何变得与其他环不同，甚至我只需向周围投去一瞥，就能无比确定自己身处哪个环中，甚至比一名经验丰富的旅行者突然置身中国或安达卢西亚、刚果或苏格兰时更有把握。顺便一提，这条链子——我现在说的是大肚子男人的链子,而不是其他链子——全是金子做的,没有别的东西。地球上全是泥土。泥土上有树木——树木品种多样,泥土上有石头,石头旁有水流,等等,等等。我知道了。在放大至行星尺寸的金子里,也有人们想要的任何事物。因此在这条链子上我不仅游遍了五块大陆,还穿越了无数圆环,此处最大的优势在于,不同于我们绕遍地球会回到起点,我最终抵达了完全不同的地方,截然不同的地方,那儿有另一类物质、另一些元素、另一种人生,一切都不同:比如一把银制折叠小刀,这一定是大肚子男人必须挂在链子上的东西。而站在小刀上,我欣赏到一幅柔软、棉质的画面,就像有云朵、阳光和繁星的天空般——是马甲上阴暗口袋的绒布内衬。

这就是重点:马甲上阴暗口袋的绒布内衬。这就是重点:我一路观察最终抵达此处。我的观察行为在那里终结,在那里互相吞噬,在那里长眠。

可我并未气馁，出现错误可能只是因为选错了方法。

我曾经从体积较大的肚子开始观察，结果观察对象成了体积较小的口袋内衬。我也试过从更为巨大的物体开始，即大肚子男人本身，之后所见之物还是一路变小。而现在我在观察更为微小的东西：大肚子男人的马甲口袋角落处一根绒毛的尖端。必须用相反的方法了，没准这样能解决问题。从微小的事物开始观察，再到体积较大的事物；从绒毛到大肚子男人的威严形象。中央的绒毛，宇宙的绒毛，在我眼中它孤单又特别，歪歪扭扭地被丢进这片空间，无处安身，脱离重力。它在我眼中就是这样，可为什么不能想象这样的它呢？我无法将它与在口袋里吹拂的微风分离开来，因为它就在口袋中。当我分析它，我感受到、触碰到了大脑与它的距离，我感受它、触碰它，把它当成有生命的、永恒的东西，当成将我们凝聚、连结的物质，无法测量尺寸或大小恒定的物质，无论我近得可以将它贴在头上，还是远在地球另一端，在与大肚子男人的绒毛遥遥相对的上海，它就是那样，不会变化。当我与它的距离消失，我、绒毛、智利、上海就在同一处。绒毛，其他绒毛飘浮着与你交织在一起，组成毛团中的一根绒毛，成为被我分析的东西。

然而我也不能只分析这根绒毛。无论如何，我分析它时也思考着它在空间中的位置。如果没有位置我就无法把握住它，那么让我们看看，把它安排到何处？我让口袋、马甲、大肚子男人、等候室、城市、地球、星座消失了。除了它什么都没有，什么都没有，没有，没有。然而当我分析它时，我并未感觉自己置身虚无中，因为绒毛就在那里，它必须在这片虚无之处的某个地方，必须能与我产生关联。我将它放在我的左侧或右侧，相当高的地方，无限低的地方。无论我将它安置在哪里，我都通过头颅的存在感知与头颅相关联的绒毛。最好什么都别消失。一切都会永远回归原点。绒毛因它附近事物的存在而存在，即便那个事物只是一颗正分析它的头颅。它存在，因为它位于口袋内衬上；构成口袋的两片布料高高鼓起，被紧紧缝在马甲上，它们因马甲而存在；马甲紧贴着大肚子，因大肚子而存在。那么没有肚子的马甲又是什么？难以想象。就算没有肚子也会有其他类似的东西。在一切消失时，只有马甲还在。要想象它的样子，它就必须存在；它要存在，就必须让它与某个事物产生关联。"某个事物"最好是肚子，因为我对面的马甲就在肚子上。以此类推，以此类推，以此类推。肚子长在大肚子男人身上。大肚子男人坐在尘土飞扬的环境中，尘土飞扬的环境被围墙围起，围墙是建筑的一部分。建筑能存在的唯一原因是它拥有存在之地，而它有存在之地的原因是地球绕着太阳转，太阳与星座相关，星座与宇宙相关……

　　好吧，我心爱的妻子，刚刚我坠入肚脐的深渊，随后坠入口袋的内衬，此刻我彻底迷茫了，我迷茫了，一无所获，我从自己的头盖骨里溜向无尽的万物。那么胖子也在万物中吗？这个可恶的人溜走了。胖子不在。

我心爱的妻子，这次我不会再咒骂，也不会再要求自己沉着、冷静。

发生了别的事。大肚子男人的肚子已经是另一回事了。我应该让目光游走在肚子上而非集中精神，才能了解它的存在。因为如果我集中精神，就会落入某个漏斗，它越来越窄，越来越细，越来越窄越来越细，周围的一切都被淡化，让我觉得自己置身令人眩晕的浑浊旋风中。

肚子和大肚子男人！你们之所以真实地存在于那里，是因为我不曾关注你们，是因为我的目光只是掠过你们。当我想触碰你们、抓住你们时，你们就消失了。我动身追寻某个点，最终的那个点，它却总因我们体形的差距而逃脱。如果我能变得足够小，抓住它，或许——不！绝对不会！——我们还是会回到起点。因为毫无疑问，如果我变大，那么大肚子男人就会成为最终的真实之点，一旦这样，又会回到起点！

然而胖子就在那里，等待着，一个具体的、神圣的、耐心的胖子。这世界上如果存在什么具体的事物，那一定是某个城市的某间等候室里一个戴着礼帽和金链子的胖子，他正相当安详地等待着。

是的，毫无疑问，但前提条件是我心不在焉地待在他身边，问题就出在这里。如果我希望一切——尤其是胖子——对我来说变得具体，唯一的办法是一直走神下去，接受来自各方面的模糊感觉，混乱的回声仿佛就是我于神游时所接纳之物的总和，仿佛主宰者，我任由它们在我内心回荡。否则，万物——尤其是胖子——对我来说都是抽象的。

我对妻子说："我的妻子啊，我没有可以告诉你的观察结论，因为对面的胖子是个抽象的胖子。你看到他了吗？"

"那就观察别的。"

"要是再发生类似的情况呢?"

"不可能。观察那盏吊灯吧。"这就是她的回答。

我可怜的妻子啊!她还觉得胖子和屋顶上的吊灯不一样呢。我只需一瞥就知道旋风的尾巴就在那里等着将我吞没,将我送往能磨碎一切现实的细牙之间。我对她说:

"不行。吊灯也是抽象的,除非你乐意把它们挂到屋顶上,晚上开灯,天亮了就关灯,时不时拍它们几下。除非你乐意一生都弄不清、不确定吊灯的真实概念。难道你不觉得……"

"我觉得你像个白痴似的夸大事实。"这是她的回答。

"我就是白痴,"我回应道,"因为我见过的所有等候室都让我觉得难以忍受。"

"那就看看外面。"

随后她沉默了。

外面！多么大的改变！难以置信：玻璃，仅凭一块六七毫米厚的玻璃就能将如此不同的事物分隔开。玻璃外没人等待，没人像我们、胖子和二十多个坐在长椅上半死不活的人影一样停滞不前。玻璃外所有人都着急赶路。十字裙广场当然是城市中最美的风景之一。我们的城市相当规整，大多数广场整齐得毫无瑕疵。然而十字裙广场右侧比左侧窄，至少对我来说，这种不规则形状让我相当愉悦。而那一刻，日光西斜，整个广场泛着金属的暗淡色泽。当然，这个颜色本身并无特别之处，然而夕阳照在广场上，照在无数玻璃窗上，缤纷的橙色与黄色恰好被它衬得亮眼。

那是咖啡馆、商店和电影院的玻璃窗。透过咖啡馆的玻璃窗可以看到顾客如同哑巴般交谈，透过商店的玻璃窗可以看到任何东西（从我的位置可以看到橡胶制品），透过电影院的玻璃窗可以看到星星和其他天体——蜡制的。这些玻璃窗都没什么特别的。丑陋、恼人且无聊，与玻璃后的所有东西一样。广场的美达到了一定高度，因此无法扎根于此地。它的美只能顺着玻璃窗间的柱子流淌到地面。然而流淌下来的并不像美，更像是我的想法——准确来说就是广场美而玻璃窗不美。

或许比起广场的金属色泽，玻璃窗上的橙色与黄色更美一点。如此一来，美的就是颜色之间的关联而非广场了。荒诞的是，颜色因相关联而美，承载颜色的事物却显得并不和谐。十字褡广场可以是世上任何地方，周围的玻璃窗也是如此，广场是宝藏而玻璃窗是废物。如我所说，此时一切都如此美丽。但我无所谓，尽管我总拜访一位画家……既然一切如此美丽而我总拜访画家，那这种美应当在博物馆展出而非暴露在公众视野中。这幅画面第一次出现时，画家就应该把它画下来带走，留下一片空洞或让此处毫无美感。但这种事并未发生。画家将美留在此处，美依然在，人们会欣赏，会喜欢！它能让最理智的人发疯。

最终我听从了圣洁的妻子给的建议。我看了又看。

什么都没有，什么都没有，什么都没有！几乎与我观察大肚子男人时一样。我本可以任思绪飞行，编织逸事，将之安排在商店、咖啡馆和电影院里所有人身上；抑或是他们利用回忆和没什么关联的类比将故事强加于我，而我敏感的艺术家思维会愚蠢地接受。

他们进进出出，疾走，停步，问候（主要就是这些问候的人激起了我的强烈愤怒），看向玻璃窗，在电影院落座，吐痰，吸烟。

这些是怎样的素材啊！可以让无数精妙的框架升到天国，为文学所接纳。再加上时间正在前进：暗淡金属的色泽渐渐融化，玻璃窗上映出明亮如火的红色。

我的另一半啊！我观察着。

可谁又在意我讲述的这些绅士与夫人的故事呢? 另外，他们在这里是为了让我在西服和裙摆的刺激下达到颅内高潮吗?我内心深处确定,他们的存在别有用意,因此我的存在也有其他意义。这么多人的存在不可能只服务于我一个人,也不可能只是为了满足我妻子的感官。不可能。否则会造成令人困扰的逻辑缺失现象。又或许就是如此,他们存在的意义就在于此。天知道!若非如此,他们的存在又是为何?这么多人!为什么存在?

我觉得可以肆无忌惮地处理掉一半人。在每两个人中杀一个,甚至在每三个人中杀两个,在每四个人中杀三个。究竟能改变什么呢?正在发生的事、这件事、这一切、世界、宇宙会被一位、两位或者一千位或者千千万万位绅士记录下来——记录得好与坏、多与少是另一个问题了,可这对正在发生的事有什么影响呢?假如只有我目睹了日德兰海战①,完完全全只有我,这场海战

---

① 第一次世界大战期间英国海军与德国海军在丹麦日德兰半岛附近海域爆发的海战,双方均伤亡惨重,英方获得战略胜利而德方获得战术胜利。

也不会有变化。妻子是否在我身边，甚至我身边的是妻子、大肚子男人、鲁文·德洛阿、早逝的马耶科、我弟弟佩德罗、乌拉圭领事还是其他许多人，也都一样。那么为什么不把他们都杀了？

很多人会喊："啊，不要！这些人应该存在，哪怕大多数人不在十字褡广场上，他们也可以记录、记录，用内心的天线捕捉宇宙的回声。"

多好笑啊！各位先生，我本不可以对日德兰海战置身事外。为什么不可以？因为那时我用鼓膜记录了狮号和吕佐夫号①的爆炸声，用眼睛记录了它们的火光，用内心的天线记录了战斗的概念。为什么记录？为了带着我对战斗的理解回家，好好吃饭，做爱，打鼾，跟那些绅士、夫人一样。得看看他们！记录下记录过全宇宙这件事，然后回家脱掉鞋子！

冷静。应该有更重要的原因。

---

① 狮号和吕佐夫号分别属于英国海军和德国海军。日德兰海战中，吕佐夫号曾多次炮击命中狮号，但最终被驱逐舰击沉。

原因应该就在玻璃窗中。这些玻璃窗和人融为一体。我到了这样的状态：即使闭上双眼，我也想象不出没有人的玻璃窗和没有玻璃窗的人。

人为穿过玻璃窗而存在。随后就消费，电影、饮料、各种东西，特别是橡胶。如果摧毁所有玻璃窗，所有人会四散开来：迅速沉入海洋，缓缓陷入沙漠；而在森林、草原和城市，小鸟将唱起我们的歌。

真希望有人托付我熄灭所有玻璃窗里的火焰。我会把开关安装到最高的塔顶——比如政府塔楼，然后用小指拨动它，打造华丽的演出，俯瞰人类四散而去。想象这场演出时我回忆起在动物园榆树树梢上看到的演出，那时男人、女人、孩子、老人、士兵、修士疯狂地逃跑。但那时四处逃跑的不超过十万人，而此刻地球上住着几十亿人。那时的人们发挥了双腿的极限速度，而此刻他们缓缓散去的样子令人恼火，他们像河马一样摇着头抱怨，几乎想不到自己身上有某种东西已被夺去，无法回忆起并再次说出记忆深处被摧毁的单词：玻璃窗。

当然，喜欢钻研的绅士——可不止一位——会对我说：

"先生，人类并非为玻璃窗而生，相反，玻璃窗为人类而生。"

我怎么回复？绅士的结论都有这样的特点：虽然无法说服别人，却也难以反驳。

我才不会反驳，不过我会说：

"先生，我还是持反对意见。先生，您好好琢磨一下。要是我们有一块难以接近的荒芜之地，比如图蓬加托山①，然后在那里开一家咖啡馆、一家商店和一家电影院，我毫不怀疑，很快，非常快，快过您的想象，人们就会从山岩间、永恒的冰雪下涌现。现在反过来：图蓬加托山上没有商店、咖啡馆和电影院，我们派人去山

---

① 安第斯山脉上的火山，位于智利和阿根廷边界，海拔约 6600 米。

上，您想派多少都行。先是有人发疯，之后开始有人死去。

"上帝先创造了咖啡馆、商店和电影院，这三者又创造了人类。那时，上帝最初的创造动力开始消退，咖啡馆、商店和电影院只得以自己的方式寻找寄托，即创造人类。上帝看到后很快乐。可随后一个魔鬼般的想法浮现：

"'如果我们把供应商品的店铺去除，只留下商品呢？'

"他将咖啡馆、商店和电影院藏在天空斗篷的褶皱中，将它们带上天空保存了起来。人类失去了目标，失去了存在的理由，长出毛发，爬上树号叫了起来。

"上帝见此，心中无限怜悯，开始一点点在各地投下小小的咖啡馆，等待着。然后投下一间间小商店，暗中留意。最终他投下一间电影院，观察起来。之后电影院越来越多。一切回归正轨。先生，这种发展符合逻辑。您想想，我们美丽的小麦田、苜蓿地为何如此美丽？先生，听好了：因为人和马会吃小麦和苜蓿。没有人和马，小麦和苜蓿就会被杂草消灭。先生，人就是为玻璃窗而生，这是唯一的可能。

"然而，先生，在整个过程中唯一让人难过的、唯一让人痛心的就是无论如何，无论是您有理还是我有理，无论我们都不对或者我们都对，所有人还是会奔向玻璃窗的火焰，这也是我们的共识。他们还是会这样做，无论等候室中有多少铅灰色的尘土落在我身上。唯一令我感到安慰的，让我在观察匆忙人群时不再如此嫉妒的，就是知晓无论多么匆忙，他们最终必将回家。什么？会有人去餐厅吃晚餐？笑话！之后呢？我就这一个问题：之后呢？回家！什么？有人在外过夜？笑话！总有一天他们会回家，回去换衬衫领子。

"是的，可无论如何，就算他们回家换了领子，他们还会回到十字褶广场，步履匆忙，无论我有多愤怒，而尘土将我覆盖。

"总的来说,没用!观察大肚子男人和吊灯本身就是蠢事,观察广场也是!亲爱的妻子,就算我观察了,万物也不会有变化。无论是我的观察,鸟类学家的观察,还是蹩脚诗人的作品。亲爱的妻子,没用!"

"亲爱的妻子,"我喃喃道,"我累了。我觉得受够了,受够大肚子男人、吊灯、广场、十字褡、人群、宇宙和玻璃窗了。所以,拜托了,咱们溜吧!咱们溜吧!"

"没错,"她说,"拜托了,咱们溜吧!"

远离十字褡广场后，我对她说：

"抱歉，我的观察没任何结果，我没得出任何结论。但过去我一直在观察另一件事，也不断验证了我的结论是对的：我之所以会被消极思想支配，之所以想要消灭五分之四的人，是因为我饿了，哪怕我自己并未察觉。"

"我饿了，而且我察觉到了。"她说。

我们再次来到宗座圣殿餐厅，坐到另一桌。午餐时我们选的桌子已经有其他客人了。

妻子点了：

> 冷肉拼盘

>鸡汤
>
>牛睾丸配面包
>
>释迦果配橙汁

我点了：

>鸡胸沙拉
>
>风干肉烩汤
>
>智利风味炒肉末
>
>蜂蜜松饼

我们又一次都点了咖啡。

"咱们走吧？"她问。

"走吧。"我说。

"我想去看看家人。"离开餐厅时我说。

"合理的愿望。"她回应。

我的家人在圣心街尽头有一栋别墅。我们朝那里走去。二十分钟后,用人为我们打开门,将我们引到客厅。我父亲、母亲、弟弟佩德罗、妹妹玛丽亚和乌拉圭领事都在。

我们从跨过门槛起,显然就成了他们的笑料,尽管他们拼命克制,可无论怎样他们的嘴角还是洋溢着欢乐。

我父亲是个格外严肃的人。他露出笑容是家里节日般的大事件,得打电话通知家族的全部亲戚。好吧,他眼带笑意向我走来,随后无比亲切地拍拍我的后背,笑意如火箭飞射出来。

我母亲是个普通人。该微笑时就微笑,该大笑时就大笑。而这次她笑得比以往更用力,她真的感到满足,对众人的欢乐无声地表示赞同。

我弟弟佩德罗在客厅一角,双手抱胸,狡黠地暗自笑着,一如他最令人反感、令人难以忍受的样子。

我妹妹玛丽亚强忍了几秒钟,最终笑得停不下来。

最后,连乌拉圭领事也任由坏笑一点点从胡须中流出。

我惊愕地看着这幅画面。可我别无他法,只得先把惊讶抛开,坐到扶手椅上。谈话正常展开,时不时被遏制不住的笑声打断。我发现他们的真正意图是在一次次交谈的间隙互相发问并回答,我根本不明白他们的问答到底与什么有关,但大意如下:"是时候了吗?""冷静点,还没到呢。"

荒唐的场面持续了四十五分钟,终于我发现他们对这一恒定问题的回答变了。在某次谈话的间隙,空气中传来回答:"是时候了。"

这好事应该是我的大个子弟弟佩德罗干的。还能是谁呢?他离开角落,来到客厅中央,狡猾地看着我,悠悠地对我说:

"哥哥(他总叫我'哥哥',为什么不叫我'胡安'或别的什么呢?),你表现得挺勇敢的。"众人小声说"嗯"表示同意。"你每天随时出门,不分昼夜,无论去街区还是郊区,但你,哥哥,我伟大的哥哥,我打赌你不敢做我要你做的事。"

佩德罗话音刚落,客厅里就爆发出笑声。父亲长长地"嘘"了一声,乌拉圭领事也抬手示意安静。

佩德罗笑完继续说:

"你不敢做我们要求你做的事,哪怕这件事没有超出人类所能,也不算英雄事件,更不危险。

你知道我们想让你做什么吗？"

他说到这儿，所有人都遏制不住，再次大笑起来！

"你知道是什么吗？"他们笑出眼泪，大叫着，"你知道吗？"

最终他们安静下来。佩德罗再次开口：

"听好了，哥哥：爸爸和乌拉圭领事给出肯定回答。我和妈妈、玛丽亚给出否定回答。他们说你敢，我们说你不敢。现在轮到你表现了，让我们看看谁对谁错。行吗？"

我微微点了点头。

"太棒了！"佩德罗大喊，"他同意了！那我直说了，哥哥，我直说了。我可以赌上我所有的里亚尔[①]，何止！我要让钱翻倍再全部赌进去！我能做到，且不止于此，因为事实就是事实。亲爱的、最亲爱的哥哥，他不敢！"

---

① 智利殖民时期使用的银币，最初由西班牙人引入。

（此时这个蠢货在我后背拍了一把。）

父亲也加入进来。

"我的孩子，"他对佩德罗说，"我觉得你在无意中给自己增加胜算了。你说太多了，拖太久了。让我们继续吧，会看到结果的，孩子。"

"爸爸万岁！"佩德罗喊道。随后他转头问我："准备好了吗，亲爱的哥哥？"

我打了个手势，意思是"我不知道，但你们想开始的话就请便吧"。

全员爆发出反常的大笑，除了乌拉圭领事，他因良好的教育尽力咽下了自己的笑声，只留一丝坏笑从胡须中溢出。

他们就这样笑了七分钟。佩德罗说：

"好吧，女士们、先生们，是时候了。安静，我直说了！"

"对，直说吧！"大家回应道。

"哥哥，我们打了个赌，现在就来看看是领事先生和爸爸说得对，还是我和妈妈、玛丽亚说得对。赌约如下——另外，我们在晚餐期间一直在讨论这件事。赌约就是……"

"孩子，你又在拖时间，"父亲说，"你又在给自己增加胜算。"

"爸爸，我没有，你可别这么想。我无须为自己增加胜算，我现在已经赢了。你和领事先生才得给自己增加胜算呢。不过，现在可不是加胜算的事。赌约关于我哥哥的胆量。准备好了吗，哥哥？"

我又打了一遍手势。

随后佩德罗说：

"你想赌点什么？"

我没回答。

"他不应该下注！他不能下注！"大家喊道。

"好吧，他不能下注。哥哥。赌约如下：你敢不敢穿过客厅，去角落里看看那边沙发背后的东西。爸爸和领事先生说你敢，我们说你不敢。就是这样！没别的了。现在我们等着瞧吧。"

一阵深远的寂静。

我的惊愕快要溢出了。就这样？他们就为这种小事笑成那样，下了那么大赌注？就看一看角落处沙发的背后？他们是在拿我开玩笑吗？

我第一反应是跑去沙发那儿，探头看一看，可他们的要求明显与期待不相称，我停下脚步惊讶地看着他们。

"怎么了？你去不去？"佩德罗问。

他们又一次爆发笑声。

"他肯定会去！"父亲狡猾地说。

"妈妈你觉得呢？"玛丽亚问，"他会去吗？"

"我？"妈妈反问。

她们几乎笑掉下巴。

"我的老天，你去不去？"佩德罗又问道。

我没有回答，而是陷入深思。

很明显，角落里的沙发后面有东西。要是我去看它就会制造某种效果，而且一定是奇特的效果。否则就无法解释他们的笑声了。但会制造什么效果呢？难道是恐怖效果？不可能。佩德罗这个无赖完全可以在那里放个能吓死我的东西，以此取乐，但我相信父亲母亲不会允许这种事的。我决定想象某种无比恶心的东西。如果是恶心的东西……我们来分析一下。我长呼一口气。恶心的东西都有怪味，但这里没有怪味。只有哈瓦那雪茄的烟味，烟草是维尔塔阿巴霍地区产的，没有其他味道，这种情况有好几种解释。但气味来源跟沙发后的东西没什么必然联系。我竖起耳朵听。恶心的东西会蠕动，窸窣地蠕动，但这里也没有动静。有些细小、遥远的敲击声，微不可闻，很可能是某只织网的小蜘蛛。可能是某种极度危险的东西吗？这个可能性刚闪过就被我排除了。如果是危险的东西，那其他人也会觉得害怕，因为无论世界有多少可能，我都想不出有什么对我来说危险而对其他人来说不危险的东西。如果那样东西会扑向我的喉咙，那它应该已经扑向了玛丽亚的喉咙，饮下她的鲜血；如果它的目标是睾丸，那领事先生应该已经失去它们了。我对此从未有一刻怀疑，哪怕一瞬都没有。因此昨晚我未曾感到恐惧。很明显，某种不安侵占了我。我模糊地希望有人允许我抛开阴暗角落里的东西，希望有人切断将我与它连接的丝线，线的一端是我，另一端是等待我的东西，那个东西正渐渐变成我的东西，几乎成了另一种形式的我。一个孤零零的单词在我脑中爆裂："果冻！"我明白了。那个东西一定是果冻状的，如果这个世界讲逻辑，那它应该是出现在果冻里的另一个我，与我完全不同的我。我天生就对一切果冻状的东西感到恶心，特别是所谓红酒渣色的果冻。不必多言，如果它不光是这个颜色还长着爪子，那我绝对会被恶心到，并因此难以忍受。沙发后面可能没有这种东西，但也可能有。无论如何，无论我思考多久，我都找不出有什么确凿的证据能证明那儿不可能有果冻状、酒渣色、长着爪子的物体。那么现在，从沙发后有这种东西这一可能性存在的一刻起（我复述一遍：哪怕这只是一种可能性），无论怎么想，不去看它都是明智的。当然，我内心偏向迎合父亲和领事先生的期待，否定弟弟的蠢话，可我不能为了躲避他的三四句嘲讽就让自己面对更严重的后果。他当然会说我害怕、懦弱、胆小、无能等等。他说他的，随他去吧！他怎么说我都不会有一点伤心，因为我知道，我坚信，恐惧不会让我的拒绝有一丝动摇。况且我的妻子信任我，她知道，我也知道，外界对我来说不值一提。然而我还是要再次声明：恐惧绝对不存在。如果可以的话，应该存在另一种东西，与恐惧相似，但并非恐惧本身。因为可以确定：

"精神上的烦扰和痛苦来源于真实或虚构的危险。"

现在好好记住"危险"这个词！先不管是真实的还是虚构的。无论真实或虚构，危险都存在，都与恐惧密不可分。二者都无法单独存在。

哪怕危险是虚构的。这不重要。

好吧，先生们，昨晚对我来说没什么危险。我一点都不担心我会遇到哪怕最小的危险。一点都不，一点都不。我觉得没人会对此表示怀疑，原因很简单，根本没有危险。

存在另一种东西。我不知如何定义，但我想应该可以说是对恐惧本身的恐惧。这样表达更好：害怕看到自己被一系列精神状态束缚的样子，这种精神状态诞生自我看到果冻状物体时的初印象，可能最终会像滚雪球一样，在自身动力的作用下越来越严重，让我身陷精神病院。

会有人表示大家都觉得这就是恐惧，而制造这一恐惧所必需的危险就是精神病院。那我们一步步来看。

确实是我先说这一现象与恐惧相似，然而在相似的同时，二者也有清晰的差异，至少与我理解的恐惧有差异。如果我本人害怕沙发后的东西，那我就是感到恐惧，然而我并没有害怕也不可能害怕,这一点我已经说好多次了。可我害怕的并非沙发后的东西,而是害怕面对那个东西时的自我和后续会出现的一系列精神状态。

现在我想起一件事,它可以对我的观点加以说明。不久前,就在圣奥古斯丁-德探戈,一位朋友跟我打了个赌。他用一百比索赌我不敢一个人晚上去教皇墓园。我拒绝了这一赌约。对我来说,任何事物、生灵都比死者更吓人。一只老鼠、一个墨水瓶都可以。但死者不行,为什么?我认为害怕死者跟害怕数字十三、害怕从梯子下走过一样,都是荒唐行为。我对此并不害怕,这种恐惧对我来说就不存在。我果断拒绝了赌约,因为我知道朋友会像昨晚的佩德罗一样嘲讽我。不过我必须反复强调两点:第一,死者对我来说什么都不是,死者本身无法直接对我造成任何影响;第二——这一点非常明显,夜晚时分置身死者之中,我拿自己没办法。我知道,我完全知道,当我走在街道上,当我漫步于田野、走进剧院或影院时，自己是怎样的。可我要如何知晓，当我独自站在黑夜下的墓园中，自己又是怎样的呢？对此我只知道人们会有无数讥笑我的理由。举个例子，某人会说："先生，您既然知道——什么'知道'！您既然觉得死者不会对您有影响，那您面对死者时为什么会害怕自身的某种东西呢？当您面对椅子或者礼帽时为什么就不害怕自身的这个部分呢？"

首先我要反驳，就算面对椅子或礼帽，我也不一定能完全掌控自己。在这种情况下，危险存在的可能性自然很低，几乎可以说不存在，但在理论上——对，就是这个词，"理论上"，普通人面对椅子或者礼帽时失去理智的情况也不是不可能发生，我自然也是如此。

不过我们还是回归墓园这一话题，接下来我会说清的。

首先，我们从事实说起，从可能存在的事实说起：我独自一人，晚上，在墓园。这一情形对我来说完全异常。如果我独自一人，我既不会去墓园，也不会在晚上出门；如果要去墓园，我既不会选择晚上，也从来没独自去过。其次，我并不习惯于这一情形，它与我本人现在的习惯和往常的作风相违背。在此情形中，我的感官、我的神经当然会开始记录此时的波长，以适应这一情形，而这种波长与我习惯的波长完全不同，它在我的常规之外。总的来说，我在那里，站着，独自一人，在黑夜里，在墓园中，周围是一个个坟墓，而我本该躺在被子里，安宁地看着书，身边有妻子陪伴，倾听城市中的日常喧嚣，惬意地吸一支烟，读完这本书。我的理智和意识绝对会说："我做了一件多蠢的事啊！"随后，肯定会继续说："我不该这么做的，不该这样。"因此，我的理智会确信当前的情形违背了常规。对这一部分我不再赘述。下个部分！

　　我的潜意识、神经和内心的天线并非由我掌控，它们只会向我传递虚假和模糊的信息，我接收这些信息却并不破译。它们在面对异常情形时会问："这到底是什么？"它们会变得极度敏锐、精准，好察觉那些再细微不过的线索，以弄清楚某件事。

或许在最初的几个小时里，我就是由这两部分组成。它们制造出一种类似这样的精神状态：我的理智一边表示反对一边表达不满，它变得虚弱，难以为我辩护；而另一方面，我的潜意识渐渐敏锐，汲取力量，成为主导，更加迅速地感知并接受所有异常的波动。我的理智曾在日常生活中掌控我，此时虚弱地销声匿迹，而曾悄无声息的潜意识被放大，即便并无僭越之举，仍敏感地捕捉一切超出日常的事物。总的来说就是这样：我既后悔又多疑、警觉。

我可以就这样度过整晚，直到天亮，赢下一百比索装进钱包。我毫不怀疑。

但是还有一个"但是"。如果在这种情形下，在我之外，在现实中，即在"外部"现实中，墓园里突然出现意外，比如一缕微风将一张日报吹到我身上，或者一只兔子唰的一声从我双腿间溜过，会发生什么？这就是我的疑问：会发生什么？

毫无疑问，我的意识在不满中陷入沉睡，反应迟钝，久久不会苏醒，不会重回主导地位，无法理清有关日报和兔子的事。同时，潜意识已极为敏感，面对这件事时剧烈颤抖，渴望暴露自己、揭示什么。二者的差距不断变大，我的潜意识无节制地放大，连现实也在为之助力；我的意识被潜意识打败，无法传递"报纸、兔子"这样的现实信息；我曾在阳光明媚的街道上克制我的动物本能，此刻本能再不受束缚，得以通过我喉间逸出的一声尖叫——一声惨叫表现出来。

一个人能听到自己的尖叫，又听到尖叫的回响。

理智一败涂地，潜意识占据主导地位，动物本能被自由释放，我听到一声尖叫——它并非属于我，而是属于墓园的这个夜晚。

本能会唤醒、刺激另一种本能，因此当可怕的尖叫响起后，我能感知的只有一种现实——尖叫，随后我的双腿就会失控。

跑，跑！跑，尖叫！

我因为尖叫声而跑起来，又因为自己在奔跑而尖叫。

因为根据我的思考，根据我残余的思考——除了这点推理我什么都做不了，什么都做不了——"我正在奔跑"是事实，我开始奔跑一定有什么理由。

什么理由会让一个人在夜晚惊慌失措地跑成那样？只能是危险，逼近的、致命的、无情的危险。因此第二声尖叫势不可当。事情陷入循环。

我将听到第二声尖叫，它将穿透我的鼓膜，向我证实这一危险的恐怖程度，与此同时我的双腿会再度奔跑起来。奔跑再度证实危险的存在。得到证实的我再度尖叫起来。

跑！尖叫！

直到仅剩的理智之光也沉没。我知道无论怎样都有不少人对此事持怀疑态度，哪怕这种事对我来说几乎是无法避免的。他们一定会问我：

"恐惧、惊吓是哪儿来的呢？你说的那些事确实有可能发生，但首先必然有一个起因。除了对死者的害怕，不可能有其他原因。您认为置身不习惯的场所是起因，这个观点显然不充分。可您又断言，您可能害怕万物，唯独不可能害怕死者。那么恐惧从何而来？恐惧的对象是什么？"

我会以反问作答：

"我怎么知道？我的确解释了事情'如何'发生，可我并没有说事情'为什么'会这样发生。要怎么才能知道？要知道原因就意味着要完全了解我这个人，了解我的每一个部分和这些部分之间所有可能的共性。然而这是绝对无法实现的，因为至少我和大家都还是所谓的人类。如果我熟悉我的潜意识，那潜意识就不再是潜意识。如果我知晓我的本能，也是一样。想象一个没有潜意识、完全克服本能的人，这可能吗？即使真的有可能想象出这个人——我坦白，反正我没想象出来——也没有理由说我就是这种人，也没有理由这么影射我。我几乎弄不清楚我的意识里到底有什么在翻腾。我几乎弄不清，几乎弄不清。而且我已经说过了，我在对此建立认知时心不在焉、草草了事，只要一辈子将这些认知藏于心中就够了，它们是迷雾般不确切的概念，是我认为被称为'现实'的一切。

"因此，当朋友向我提出一百比索赌注的时候，我立刻知道，一旦我孤身在那些死者中直面自我，我将感受到自身巨大的、不可知的那一部分得到释放。这一部分曾被我的理智束缚，而一旦它被释放，它将寻求与某件事物联手，以获得永久的自由。

"另外，我也知道这件事物无须有多大，一张报纸、一只兔子就足以让这次联手确立下来。如果发生的事件符合它们的预期，那么后续会势不可当地越来越糟糕，这意味着我的毁灭。"

"好奇怪的现象啊！"有人反驳我。

奇怪吗？相对来说，这种事的发生频率确实较低。对此，我的观点和之前一样：沙发后有可能存在果冻状、长着爪子的东西，因为并没有确凿证据表明那个地方不可能存在这种东西，就算可能性只有百分之一、千分之一、百万分之一或无论多小，它也是有可能存在的。我知道它有可能存在，这就够了。同理，没有确凿证据表明这种现象发生在我身上的可能性为零。

另外，其实有证据——没这么夸张，其实有迹象表明这种事可能发生在我身上。为什么这么说？因为我感觉有。我不知道这个理由算不算充分，反正对我来说足够了。没有说服力？不会。因为归根结底，这一连串现象其实是一系列心理状态，所以我认为，将要经历这些心理状态的主体的观点也有很高的参考价值，理由很简单：他的观点已经是这些现象中的一部分了。

不过先别管可能性是十分之一还是百万分之一。也别管这种事会发生在我身上还是其他人身上。我想对那些认为这种事不可能发生或觉得奇怪的人说点别的。

我会说:"先生们,这种事每天、每刻都在发生,它会发生在所有人身上,无论他们多淡泊平和或多劳苦功高。我会讲述它如何发生。不用管事情的结果,不用管概率是十分之一还是百万分之一。我说过了,先把这些放到一边。

"一位好人先生——就拿等候室的大肚子男人举例吧——平静地散着步。他的每个组成部分都处于完美的平衡状态中。一路上,意识漫不经心地随意记录感官察觉的事件。眼睛说:'阳光真美!'意识便会发出回声:'阳光真美!'耳朵说:'这个是棕腹鸫鸟的歌声,而那个,毫无疑问是火车行进的声音。'意识便会说:'这个是棕腹鸫鸟的歌声,而那个,毫无疑问是火车行进的声音。'口腔说:'天哪,这啤酒糟透了!'意识便会认可：'天哪，这啤酒糟透了！'双脚说：'踩在柔软地面上真舒服。'意识回声：'踩在柔软地面上真舒服。'鼻子说：'奶酪味。'意识认可：'奶酪味。'

"潜意识默默打盹。有时，偶尔，它会醒来，因相信自己可能将要行动起来而颤抖。不！假警报！只有奶酪味而已。它继续打盹。总之，存在着一份强有力但极度无聊的协约：在大肚子男人的一生中，意识主控他的大脑，而潜意识只需在意识背后总结事物大致的轮廓、整体的轮廓、宽泛的行为准则。协约生效。胖子继续散步，回家，讲起阳光、棕腹鸫鸟的歌声、一口啤酒、地面的舒适触感和令人疑惑的香气。

"没错，先生们！胖子就是这么散步的，瘦子也一样。但请大家相信我，这并非事情的全貌。打着盹的潜意识和打着盹的护卫犬一样。只要人类稍有疏忽，潜意识就会利用周围最无足轻重的异样之处，向人类发送信号。两种色彩、两个形状被阳光晒得走样，合为一体，形状也被改变，却依旧能辨认出它们原本的样子，画家因此驻足，一边画一边思考或许整个世界本可能与现在不同；胖子的潜意识也小声将这条信息传达给他。胖子问道：'什么？说什么呢？怎么了怎么了？'此时掌控大局的意识继续说：'没什么，先生，没什么！是晒到太阳的麦秸，没晒到太阳的牧草，没有紫色、只有砖红色的一面砖墙，树木的形状，蓝桉树，是的，朋友，蓝桉树和结出果实的核桃树，就这些。'警报解除。胖子心想：'对对对。种植这些大麦和苜蓿的人应该过得不错；等墙面涂上水泥就看不到砖头了；如果我是政府工作人员，我可不允许砍伐哪怕一棵蓝桉树；我从没吃过核桃，我喜欢扁桃仁。'

"他继续散步。这件事只让他眉间轻轻蹙起，让他的步伐稍稍迟疑。胖子继续散步，将手杖戳向地面，只是这次比之前更用力。他继续散步。他将沉浸地驻足在那里的画家抛到脑后。被他抛在身后的画家也被同样的问题困扰，不过画家希望、恳请有人再次发问，多问一会儿。'什么意思呢？是什么呢？'画家留在那里，被胖子丢在身后。大肚子男人回家路上买了一小包扁桃仁。

"从潜意识的低语到手杖有力的一击，整个过程不超过百分之一秒。

"棕腹鸫鸟的啼鸣或者别的什么。他因此再次皱起眉。无数久远的回忆被唤醒，在他的脑神经末梢间摆动。或者柔软的地面。无数无端的联想穿透鞋子，攀升上来，它们彼此联结、交织，本可以就此包裹住一块世界，却又散开。这样更好。久远的回忆，无端的联想？'不，朋友，鸟儿歌唱，它们一直在唱；踩在柔软地面上确实舒服，不过太软的话就不方便走路了。'

"他依旧是那个大肚子男人。换作诗人，早就混乱了。大肚子男人回家。画家和诗人并未回家。可他们无论如何也得回去，于是为了脱身，画家画了幅画，诗人写了首诗。

"先生们，事情就是这样。不光会发生在诗人或画家身上——他们已经是'双模式'人了——也会发生在所有人身上。潜意识的呼唤随时可能出现在每个人身上。然而并非每个人都会因此停驻，都对此足够关注。

"人人都是这样，包括等候室的大肚子男人。不过大肚子男人还没到发疯的时候。

"但先生们，各位是否已经逐渐明白，当面对椅子或礼帽时，我并不能完全掌控自己？

"然而这不重要。我们继续。

"对于那一赌约，我害怕自己停下并给予足够的关注。"

人们会反驳我：

"既然您毫不畏惧地漫游于光线、音乐、所有感官所勾起的回忆和联想中，为什么要对那一赌约给予足够关注？如果您真的害怕死者，我们也就没什么好争论的了。可您自己说……"

"天哪，又回到这一点了！害怕死者……先

生们，与此无关。关键是，在这一刻，我的内心处于某种不平衡的状态下，或者说处于某种异样的平衡状态中，这对我来说是反常的，我警觉的意识被削弱，魔鬼般的潜意识获得了自由。因此任何东西——一只兔子，一张报纸——都能激起……"

"能激起……"

"没错。"

"能激起什么？您又不怕死者，那您的论证就缺少一个基础事实，即'激起'的宾语。"

"先生们，的确，我不害怕死者。可我怎么知道在我潜意识的深处潜藏着、沉睡着多少恐惧？难道因为它们至今未出现过，我就能否认它们的存在？只需回溯几代人的经历，就能发现我的所有祖辈都对死者心怀恐惧。我童年时期曾被几位老女巫照顾，我只需想想我的童年经历，就不会质疑自己对死者的恐惧。那些恐惧如今在哪儿？它们一定存在，先生们，它们一定存在。只要周围环境不利于它们的生长，不利于击垮我的理智，它们就不会浮现。可一旦我贸然提供机会，它们就可能突然抓住这一机会，这可能正是它们需要的机会，那么从此再也没有能阻止它们的力量，它们得以四散开来。是的，先生们。恐惧会四散开来，它们这些无边的恐惧源自某些信念，而一旦我的理智昏睡过去，它们就能在外界找到某种方法，好让这些信念成真、变得合理，环境、信念和恐惧三者完美匹配。

"先生们，夜间的墓园可能并不是释放恐惧的合适媒介。我甚至倾向于确信它不是。如果它是，那么各位不会反驳我：对我们的日常理性来说，这其中应该有某种太基础、太合理的东西，即对死者、墓园、夜晚、坟墓、孤独的恐惧。我倾向于确信它不是。当我即将打开一扇门或看向床底时，我反而常常能感觉到明显的恐惧。但原因谁知道呢！

"我只知道，而且坚信，当两件事物——不

多不少，两件——互相吻合，完全吻合，并且它们之间的联系有力又持久，那么谁都无法预测未来将发生什么。

"我再问一遍，现在各位是否已经明白，为什么不能轻易相信普通的椅子或普通的礼帽？

"现在让我们回归正题，先生们，请回到我父母的别墅角落里的沙发上。

"无法否认，在那里发生的状况比面对礼帽和椅子更严峻，或许跟教皇墓园的事态一样严峻。没错，可能一样严峻，原因很明显，我优秀的大脑无法通过客厅里的要素思考符合逻辑的解释、笑声、提议的不寻常之处、我果冻质地的疑心、乌拉圭领事……

"我的大脑无法提供必要的防御措施，无法让我迅速做出反应，以面对滚雪球般的一系列事件，它们会不受控制地发展下去，最终让人失智。

"它只提供了一个想法，即那个东西肯定是

果冻状的。没错,果冻状的。因此,昨晚在客厅里,我坚信沙发后只可能是果冻状的某物,更糟糕的是,它长着爪子,还是红酒渣色的。

"我立刻对此深信不疑。以至于我差点就上前查看了。

"然而这一盲目的信念同时也让我动弹不得。于是我在踏出第一步前做出了如下推论——自我拯救!

"'我所做的一切准备都是为了预防果冻状的东西。如果它真的是果冻状,我将与它战斗。可如果它不是呢?如果它是某种完全不同的事物,或者是我迄今无法想象的东西呢?'

"先生们,要是这样,当我前去查看时,我就会赤手空拳、毫无防范地趴在沙发上,等着被自由的潜意识俘获,任由被潜意识捕捉的所有思绪恣意摆布,被城市中人们的喧嚣麻痹。

"小心!小心!另外,先生们,还得考虑到我无法完全掌控自己的存在。先生们,我已婚。

我肩负责任和义务。小心最重要!"

"好吧!你去不去?"我弟弟问。

我回答:

"不去。"

"哎!你个小雏鸟!"他喊道,"领事先生,亲爱的爸爸,您二位输了。"

大家都温和地笑了。

随后他们开始聊起日常,友好地与我们分享。可我听着声音越来越大,便靠近妻子,低声问道:

"你没觉得受够愚蠢的赌注和角落里的沙发了吗?"

"受够了。"她回答。

"那我求你,咱们溜吧!咱们溜吧!"

"没错,"她重复道,"咱们溜吧!咱们溜吧!"

我们走下别墅的楼梯,父亲的声音从高处传来:

"孩子们!等一会儿!我跟你们一起走几个街区。"

我们在大门外两步处等候。三分钟后,父亲来了。出发前他跟门卫聊了一会儿。借着门房里的光,我看到父亲戴了一顶圆顶硬礼帽。他今年六十五岁了,但还是第一次戴这种帽子。父亲集齐了各式各样的帽子:三顶爵士帽、一顶可折叠高礼帽、两顶黑色高礼帽和一顶灰色高礼帽、一些便帽、四顶智利民兵帽、一顶草帽、三顶贝雷帽和六顶睡帽。但他从未收藏过圆顶硬礼帽！我甚至认为他不小心拿错了领事的帽子。

父亲又跟门房聊了四分钟。最后我们听到他对门房道了晚安,转着手杖向我们走来。他在门槛前凝视着对面阴暗的建筑,停顿了片刻。随后他迈了一步。就在此刻,下雨了。

一场单调的细雨。我们猫着腰走在雨中。我心里只有父亲的圆顶硬礼帽,它会被打湿,当然,还会渗水。那时我还想到,圣奥古斯丁-德探戈这座城市毫无疑问蠢到家了。

这座城市愚蠢得如此明显,我到后来也没明白,一位男士,一位贵族,一位绅士,怎么会愉快地在雨夜的街上展示他的圆顶硬礼帽。

"爸爸,"我对他说,"你为什么不回家呢?你淋了雨,可能会着凉,甚至会感冒的。光靠一顶圆顶硬礼帽可挡不开疾病。"

"你不该以任何形式观察我。"他回应道,随后继续与我们一起大步前进。

帽子的事烙进我心里。我不敢看它，但我能感觉它在渗水、漏雨，越来越严重，几乎就要悄无声息地溶解在父亲的秃头上，那曾被我无数次亲吻的可爱的秃头。可帽子并未溶解。我们三人大步前进，大步前进，水花溅在彼此身上，我们谁也没看谁。

父亲停在一束光前。我们也停下脚步。

我趁机向他问了个问题。我曾因这个问题困扰，它与帽子可能的命运一样烙在我心里，在散步路上我对它越来越着迷。

"爸爸，"我问他，"要是在某次大战的某场战斗中，一位木星居民降临地球，你觉得军队还会继续作战吗？"

"我说了，我不允许观察行为，提问更不行。"

我们沉默了。

最后父亲对我们说：

"好了，孩子们，你们继续。我要回家了。"

"再见，爸爸！"我们齐声说。

"再见,永远都别再观察了。"

我们继续前进,挽起的手渐渐湿润。

我对妻子说:

"好吧,要是现在他被雨水淋得溶解了,那就是他自己的问题。我觉得他要出门跟我们一点关系也没有。我们一起散步是另一回事。但现在呢?从他回头那一刻起……"

"我有点冷。"她小声咕哝。

"那束光是从赤脚酒馆里照出来的。"

"那我们过去吧。"

"喝点椴树花茶能让我们舒服不少。"

"很好。"

赤脚酒馆还是原样。我忧伤地看向一张桌子,某晚,或许是同样的雨夜,如今已早逝的马耶科就坐在那里,听朋友揭示爱的秘密。

我们点了两杯椴树花茶,静静喝着。

"等我一会儿,"我对妻子说,"我马上回来。"

我下楼来到小便池边。额头抵在右手小臂

上，任由膀胱排空。我凝视着洁白陶瓷上钻出的五个小洞：上面一个，下面一个，两侧各一个，第五个在中间。我试着让尿液像钟表的指针那样，绕开中间的洞，旋转着依次流过每个小洞。

随后，到第三圈时，当我正准备从右侧的小洞转向下方的小洞，一只苍蝇突然停在小便池右侧边缘。要是我动作够快，只要轻轻一动就能淋死它。可如果我这么做了，指针的旋转就被打断了。我需要做出选择，是指针还是苍蝇。

强调一点：必须当即做出快速选择，确切地说，任何犹豫都会将时间线分割——在一条时间线中指针继续转动，在另一条中指针因我的犹豫而被打断。当时间线被割裂，岔开，一分为二，其中一条继续"存在"，另一条则与之分离。也可以说第二条时间线跳出了时间之外。

假如我毫不犹豫地转向苍蝇，就不会有什么本质的变化，因为我并未犹豫，或者说我并没有做任何停顿，所以最初的时间线仍在继续，但发生的事已被改变：我不再关注小便池中的小洞，转向了将死的苍蝇。放眼整个人生，被改变的只是一些要素、一些物体，而在这个整体中并没有任何本质的改变。

好吧，我毫不怀疑我曾犹豫过。肯定只犹豫了百万分之一秒。就算如此，也无法改变我犹豫过这一事实。事实未曾改变，无论那时我犹豫了百万分之一秒还是多久，时间从未停顿，一直存在。事实未曾改变，就算我在那一段时间"内"犹豫，我也不再是时间的一部分，更不是常人认知中的时间本身了！哪怕我犹豫了千百万分之一秒——这段时间持续多久都无所谓——当我不再是时间，我就可能被时间击中，并清楚地感知到它的存在。

这就是事情的发展过程，对此我毫不怀疑。

在右侧的小洞和下方的小洞之间，有一个微不足道的点——微不足道得像刚刚提到的那段时间，它像一面镜子，将时间反射到我身上，时间环绕着我流动，镜中却无我。这个点是从我身上流过的唯一的、极小的光点。

我当然会有这样的感觉——我分不清是幻觉还是感觉，姑且算感觉吧：指针依旧在独自转圈。随后，就在指针转动时，或者说就在指针脱离我时，我感觉到了悬在半空的一击。

我会举例说明。虽然这个例子并未在我身上发生过，但我曾上千次想象，特别是睡前。

我在高处的悬崖边。向下跳。坠落。难以想象的速度。然而我腰上系着一根弹力绳。当我坠落时，弹力绳与我同速向下伸展，丝毫未减速。但是弹力绳的长度小于悬崖的高度。随后我会突然停止坠落。先不要管弹力绳拉伸时所受的阻力。我的弹力绳不会受到阻力，它只会在一瞬突然停止拉伸，并且丝毫不会阻碍我坠落的加速度。只有在急速坠落骤停的这一刻，它才像普通的弹力绳。它回弹，将我吊在空中。

呼——！

我忍不住发出"呼——"的声音。抱歉。我是想表达在这次坠落和悬停时体验到的感受,一种介于痛苦和愉悦之间的感受。请不要忘记,这一切都发生在一座比最高山脉还高的悬崖上,而且就像我说的,坠落速度快得难以想象。

好吧,当这幅画面在我身上发生时,还有一件事必然也会发生:当我在空中骤停,我的所有想法、记忆、经验,我的整个人生,我脑海中存在的一切,意识和潜意识,这一切并未同步骤停。它们借着冲劲继续坠落。只有我的身体和感官悬在半空。因此,在悬崖下,我于某个瞬间看到、凝视、思考我的整个过去,那些分散的过去同时存在,形成一个整体。我就在那儿看着,在某个地方一下子看到了全部,而我所见的一切并无时间上的连续性。就在那儿,我出生的时刻和弹力绳收缩的前一刻同时存在。就在那儿,曾在这两个时刻之间发生的事也同时存在。

可随后,坠落着从我身上分离的那部分也像

前一刻的我一样，被我脑袋里一根看不见的弹力绳拴住，绳子已经拉伸到极限，然后回弹。看不见的弹力绳回弹上升，而我身上的弹力绳已经失去收缩力，在我体重的作用下再次伸长。我的那部分在上升，我在坠落。我们相撞，它归位。时间再次有序地展开，在日常的复杂状况中蜿蜒前进。我出生的时刻退回遗忘中，片刻前的碰撞构成了我人生中的最新经历。

这就是全过程。

我几乎每晚都像这样急速跳跃。不过当然了，完全靠想象。我不是说跳跃也要靠想象，不。我无疑是指我从未去过悬崖边之类的。这种事自不必提。我所说的"完全靠想象"是指当我在脑海中模拟这一跳跃，我本人和受我控制跳下悬崖的人之间存在一定距离，哪怕这个人根本不可能是别人，就是我自己。

我是我，我"试着"想象坠落的感受。这样的"尝试"让我成了旁观者。随后我悬在空中，即高潮部分。此刻，上文提及的分裂感袭来，这是绝对可能发生的，更是不可避免的，另外，我甚至清晰地感觉到整个过去脱离时间的束缚，同时呈现出来。

没错，我的确有这种感觉，但那种过去并不存在。我没看到过去，没看到我的出生、我的童年，被掩藏的记忆并未复苏。我只是感觉到这一现象不可避免地可能发生，这并不代表它就会发生。

好吧，昨晚在赤脚酒馆的小便池旁，我遇到了同样的现象，它是可视的，我在百万分之一秒内透过那个小洞百万分之一大小的光点看到它，感觉到它，理解了它。

那时，时间继续流淌，凭借两根无形的指针为我制造现实；那时我因一只苍蝇突然出现而暂时陷入悬停的犹豫中，摆脱了时间的束缚；那时那件事发生了，一簇火花瞬间亮起，火光中是那时为止仅存在于想象中、我从未得见的现象。

可它很小，极小。其中没有我的出生、我的童年、过去的年月。只有一天：昨天。

在那个短暂的瞬息，昨天的所有事同时显现，交织在一起，却丝毫不显混乱，独立又清晰，彼此间并无时间顺序。我因此讶异、欢喜、陶醉、无比疯狂，最终我在那一刻看到、感知到、了解了生命，也就是真理，而虚假的、夸张的事物已被去除。或者可以说，生命不再被不存在的次序所束缚。

不存在的次序！是的，就是这样。此刻我知道就是这样。

那一刻我看到了昨天的所有事，它们当时的样子，它们现在的样子。我看到了其中的原因：我曾见过它们落在某个充盈的容器中。不。那是曾经，如今它们不在容器中了。

可我不能透露它们现在的样子，不能说出我在那儿看到了什么。稍后我会说明我不得不保持沉默的原因，在此之前我必须讲一讲在那百万分之一秒后，事物如何不断地继续发展。

那我要讲了。

我说过，那个瞬间令我开心、疯狂、陶醉。最终，我明白了。随后一幅画面出现在我眼前：在岁月中陪伴我的女性正坐在热椴树花茶旁。我留在楼上的那杯茶散发出令人昏昏欲睡的田野气息，香气扑进了我的鼻腔。

热椴树花茶很不错。此外，我还可以在饮茶间隙向她揭示真理，这就更好了。

该上楼了。我加快了步伐。我不记得最后我尿在了哪儿。另外苍蝇也早已飞走了。

我回到楼上。我的椴树花茶还冒着热气。妻子正盯着半空。在早逝的马耶科曾坐过的桌边，有两个人边聊天边喝朗姆酒。

妻子看到我后问道：

"你怎么了？你回来的时候像是顿悟了。"

"等一会儿，等一会儿！"我说，"我抓住关键了。但亲爱的，这儿可不是透露重要启示的地方。无论如何等我先喝完椴树花茶。之后……你就会知道了！"

我平静又畅快地喝完了茶，等了几分钟，点燃一支烟，问她：

"既然有重要的启示，你觉不觉得我们不该继续待在这儿了？家在等着我们。还有我们的床！昏暗的灯光……是的，亲爱的，我受够椴树花茶和酒馆了。我们去迎接启示吧，咱们溜吧！"

她轻声回应：

"受够酒馆了，没错，受够椴树花茶了。启示就要到了。所以咱们溜吧！"

我在祭坛区九号楼四层租了一间公寓。

一到家,我就对妻子说:

"你难道不觉得我们的床就是家的中心吗?躺下后与大地平行,多安宁!灯光昏暗,我会向你揭晓我所知之事。"

我一躺上床就将她叫到身边,对她说:

"你先去隔壁房间等一会儿。让我自己待一阵子。等我将那一刻清晰地重现后,我再告诉你。"

房间里只有我,我熄灭了所有的灯。随后我在想象中回到了小便池旁,任由自己撞上第二和第三个小洞间的那条路。

我撞上去，又被弹开，那些小洞在我身下晃动，我在小洞上方晃动，而我一被弹开，那个启示就在我脑袋周围盘旋，有几次撞上了脑袋，又盘旋，飞舞，离去。

就像小便池上的苍蝇。没错，就像苍蝇那样离去了。这时，我惊讶地想起我曾看到那只苍蝇飞走，我曾注意到它的离去。这就意味着我曾看到这样的一幕：我曾注视着光洁陶瓷上一个黑色的点，刹那间一个白色的点落在黑色的点上，就在此刻，陶瓷变得完全光洁，纯白无瑕。这就是我看到的画面，别无其他。至于我想到了什么，就是另一回事了。我想到当白色的点落在黑色的点上，苍蝇一定飞了起来，因此我的苍蝇一定飞在空中。于是我转动视线，确切地看到那只苍蝇飞舞着消失了。这一切给予我极大的把握，因为我确信那些事件曾按照无可动摇的逻辑发生。

那只苍蝇就这样飞走了。奇怪的是，此刻我有同样的感受，我在悬空瞬间和时间一分为二时领悟的知识离去了，消失了。我感觉它们也像是飞走了。但我希望它们不止像一只苍蝇，而是三只。于是我大脑空空，一无所知，就跟着它们一起飞舞。我心想，一只飞向走廊，一只飞进卫生间洗了洗手，第三只飞出打开的窗户，在院子里滑翔。此时我稍有些脸红和羞愧，一个人竟会认为自己的知识像三只苍蝇般飞离他。更何况这个人是我，不是别人，就是我。

说实话，脑袋得够空才能蹦出这种想法。有什么好质疑的？有那么一刻，我想让自己相信，反正看着某种深奥的知识变成三只苍蝇也挺好玩的，其中一只——也就是三分之一的知识——还飞进卫生间洗了洗手。但这一刻并不长，没能持续一秒以上。真实情况如下：大脑空荡荡，而我越来越无知。证据？就在这儿：

当三只飞虫逃窜，整个世界，真实的世界涌进我的房间。它就在那儿将我包裹，与我融为一体。而我听到所有嘈杂声，自发地在空间中对它们定位：在这里，我的呼吸仿佛轻柔的风箱声，床因身体的某个不经意行为而吱吱作响；在那里，一只蟑螂于墙纸的破洞中窸窣；屋外，人们在院子里说话，话语将楼宇重建，楼宇点亮窗户，窗户拼出祭坛区，祭坛区的条条街道延伸向四面八方，四面八方又各自发出声响，一辆汽车、一辆电车，它们和城市的所有居民一起发出不绝于耳的低语；妻子在旁边，栗色的头发，倦怠的双眼；隔壁房间方方正正，我有两件桃花心木的家具；父亲住在圣心街；我用指腹触碰被单；今天就要结束，昨天已经过去，明天即将到来，再之后是新的明天，一个又一个明天，我将继续迈步跨越这些日子，以免扑倒。我看、听、感知一切。有一丝山茶花香。我看、听、感知、活着。我的大脑空荡荡，如同连通器[①]般维持在

[①] 底部相通的容器。连通器内注入同一液体后，各容器中的液面保持在同一水平线上。文中此处指大脑失去思考能力，只能接受外界的现实世界。

现实的水平线上，有什么好质疑的？再见，所有小便池！我明白，我最棒的想法、最广阔的认知总会在我将前额抵在右手小臂上、任由水流经过时诞生自小便池中。而此刻我躺在床上，只为第二天起床，为了晚上再返回床上。为了吃饭、问候、讨论、做梦、打哈欠、爱，最后为了醒来，为了日复一日与我的同类、空气、土地和生活亲密地重逢而睡觉。

那么，当时是怎么回事呢？我徒劳地复盘。五个小洞、苍蝇和其他。一切不过是一次并未激起我心中回响的事件。

妻子在隔壁房间等待。

让我们按各部分的顺序来吧。让我们从头开始吧，不管做什么事，想得到好结果就得从头开始。让我们看看。

这一天的第一件事是断头台事件。

（我在此一件一件地回顾、复盘了那些事件。在此之前，我想起针对可怜的马耶科的审理。我一下子想起整件事。不过我亲眼看到了吗?没有。我一部分一部分地复述,真实且准确,当男侍者对我们鞠完最后一躬的时刻,我不得不拉起妻子的胳膊,而当我拉起她的胳膊,圣安德烈斯动物园就出现在我面前,而且我必须赶紧进去。

事情不就是这样吗?当然是了!我们现在一切顺利。)

圣安德烈斯动物园。当然得提圣安德烈斯动物园。

(十四头雌狮陆续经过,还有狒狒。我一只接一只地回顾。一只接一只,甚至因此看到了动物园中被我忽略的其他几头狮子。我记起那支合唱,记起所有高音与低音。我并未遗漏一丝情绪。地下的流水,冷风的利刃,一切。我再次体会到两人与上百只动物融为一体时满溢的兴奋感。我的回忆强烈又精确,以至于此刻事件不得不按照无情的逻辑迅速出现,它必须如此,因为它在现实中就曾这样迅速地出现,因为我的回忆与现实密不可分，我正平躺在现实上滑动。没错，没错，岩石变得暗淡，我们声音中受伤的飞鸟在喉咙中坠落。就该如此，而我躺在床上，必须回味我在喜悦被乌云吞没时的失望。我应该说："咱们溜吧，咱们溜吧！"当这句话出现、回荡在周围时，附近的一头雌狮应该已经逃了出来。)

那头雌狮。没错。现在轮到雌狮了。让我们依次回顾雌狮和鸵鸟吧。没错。鸵鸟也得按顺序来。

（确实是按各个部分的顺序来的！什么都没有遗漏。我紧紧抓住每个部分，将它碾碎。我惊讶地发现，在各个部分中竟有那么多自己在不经意间观察过、看到过的事物，那些我丝毫没有在意过的事物。总之，我在每一部分中都经历了非常多的事，要是跟我在此记录的内容相比，就显得更多了。我写下的事都不算什么。举个例子，当雌狮跳起，而鸵鸟向侧面迈出一小步时，会有人记得鸵鸟曾让我回忆起贝尔蒙特面对斗牛时迈出的那一步，彼时美丽的卢克莱西娅陪伴着我。好吧，昨晚我躺在床上注意到，当我和妻子在巨大榆树的树梢上，而我想起那位斗牛士时，其实我眼前是整个斗牛场，我脑海中浮现出一位长矛手[①]在那头斗牛前猛地摔倒的画面，也想起在前一场斗牛中，"公鸡"因恐惧收到了观众的口哨[②]，另外我在刹那间再度听到了卖报人叫卖晚报的声音，他们喊着报纸上斗牛相关的报道："瓦雷利托[③]和贝尔蒙特胜利！'公鸡'失败！"而就在卖报人高喊"公鸡"时，美丽的卢克莱西娅在我们酒店房间的昏暗露台上点燃了烟。我们住的酒店！现在——我是说昨晚躺在床上的时候，

[①] 西班牙斗牛中作为斗牛士的副手登场，骑马、持长枪，负责刺伤斗牛后颈。
[②] 斗牛士家族戈麦斯三兄弟均绰号"公鸡"，此处可能为三弟何塞·戈麦斯（1895—1920），他与贝尔蒙特曾是场上的劲敌、场下的朋友，两人都是西班牙斗牛黄金时代的代表人物。在斗牛中，观众吹口哨代表喝倒彩。
[③] 马努埃尔·瓦雷·加西亚（1893—1922），西班牙斗牛士，"瓦雷利托"为昵称。

而非在榆树树梢上的时候,因为在树梢上我只记得火柴的火苗——现在我躺在床上,回想起了整个画面和一切细节,我们在萨拉戈萨住的酒店,还有在土黄色的房间、楼梯、黄色的酒店大堂中都充斥着卢克莱西娅的慵懒气息和连续七天参观皮拉尔圣母圣殿主教座堂的倦怠感。卢克莱西娅因此感到疲惫,她打哈欠、伸懒腰,将皮筋般的欲望拉长、收缩。于是在萨拉戈萨的那些清晨,她身体上因发霉而出现的绿色格外清晰。

鲁文·德洛阿讲的道理。

鲁文·德洛阿?其实还没到他。我这样做不对,因为冲突还没到结局,我们还没吃午餐。我不小心跑题了,离昨天远远的。回到正轨,回到正轨!)

狮鸟冲突结束了。我的思路不再跑偏,接着重温了午餐每道菜的味道。我将注意力放在正事上,目标明确:我们磕磕绊绊地穿过迷雾,就到了朋友的画室。

（在此我要说明一下，我对在画室的那几个小时的回忆还是有把握的。我只失误了一次，几乎算不上是失误。失误就发生在我回顾卢克莱西娅的绿色之时。绿色离开画室，蔓延向了远方。画室中的绿色是一段回忆，或者说，不过是我们日常生活中所有绿色里的一笔。仅此而已。可就在昨晚，我重复一遍，绿色开始蔓延：那一笔绿色中的一部分独立出来，而它正是那几个早上在萨拉戈萨的酒店中出现的绿色。当它出现，这些画面便也同时出现，我避无可避：她火柴上的火苗、卖报人、斗牛场、贝尔蒙特的那一步、鸵鸟的那一步、榆树、我们飞奔过去的身影、恐惧中惊呼的一声"雌狮！"，甚至还有我们参观完狒狒、还未见到鸵鸟时平静的步伐。也就是说，只要再多发散一点，我就会头也不回地重返黎明时分，天蒙蒙亮我就起床了，因为要去看可怜的鲁德辛多·马耶科的行刑仪式。等到那时候，天知道我的回忆会把我带去哪儿。不过当猴子的一颗大脑袋如闪电般出现，我感知到了危险。我拼尽全力，一只脚踏在画室的安全之绿中，另一脚踏在入侵般袭来的萨拉戈萨之绿中，我几乎能、几乎能感觉到我们的午餐就在这两种绿色之间，洋葱拌海茸尤为明显——我突然想到这道菜伤身——我几乎能感觉到它，而我也拼尽全力，同时垂下头向前伸去，就这样果断、专心、坚定地快速穿过一个又一个世界中的所有红色，抵达最后的世界，然而朋友的屠刀令人害怕，我们说受够这些了，离开了那个水箱。

没有什么能阻止，也没有什么可能阻止等候室内的胖子和等候室外美丽的十字褡广场在我脑海中浮现。）

等候室。十字褡广场。到它们了。

（之前的努力有了结果。思路丝毫没有跑偏！我沉浸地回顾了等候室和十字褡广场，除此之外没有再想别的，尽管我再次抓住每一个细节，又体验了一遍，尽管我感觉在许多细节中都有随处可见的小逃生门，门后是不同的悠远小径。但我没有想别的。我如刀锋和钢铁般坚定地回顾了这段经历。

以至于当我后来感到不适时，我毫不犹豫地认为是肚子饿了。）

宗座圣殿餐厅。

（棒极了！鸡胸沙拉、风干肉烩汤、智利风味炒肉末、蜂蜜松饼，当我回忆在我家发生的事时，我想到了这些，但我觉得这算不上思维跑偏。这些食物在回忆中如此真实，这就像一头反刍的牛会做的事。我的意思是，我肯定是这么想的。我不知道！会不会是当时搞错了？我只知道，在炒肉末和松饼之间我看到了，不经意间看到了一颗长着两根巨大犄角的牛头。仅此而已。）

现在到我家的别墅了，角落的沙发、弟弟的蠢话，等等。现在我们和父亲走在街上，下起了细雨。（这时候我的思维就像之前那样出现了一次偏差，非常小、非常小的偏差。那是回忆到墓园的时候。我什么都没想,绝对什么都没想,思维没有偏离在家发生的事情,思路没有中断,可就在一瞬间,那座坟墓突然孤零零地出现了,卧式墓碑平坦光滑,上面镌刻的黄色十字架有些歪斜,监狱旁小烟草铺子的波兰老板已经在这儿沉眠两年了,我跟这个狡猾的波兰人买过好几次烟。仅此而已。)

现在我们走进赤脚酒馆,点了两杯椴树花茶,然后我来到楼下的小便池边。

(这些回忆都很好。我只想说:真好。注意力非常集中,没有分心。可我不能说这段回忆"绝佳",因为从我回忆到我们踏入酒馆时起,我就开始略感紧张,我知道高潮时刻、伟大的时刻即将到来,毫无疑问,我将再次看到、了解到我曾看过、曾了解过的事。)

茶杯、五个小洞、苍蝇……那一刻。荣耀!

是的,荣耀。因为又到那一刻了。我的回忆果断又坚决,让每一个粒子般的瞬间跳跃起来,而每一个粒子必然会孕育出下一个粒子。没有任何力量可以阻止那个瞬间尿液在小洞与苍蝇之间的犹豫。所有力量都在专一的意志下被聚集，被引向那个光点，于是它炸裂了。因此，荣耀。我再度跳出时间外。荣耀。这一次我在时间之外还看到了当下和此前的时刻，上楼、喝茶、回家、上床的时刻。和之前一样，不过多了后来发生的一切。也就是说比之前多一点。因此我们得说两次"荣耀"。荣耀，荣耀。很好。可这时候我又稍稍走神了：我想起我做这些是为了重现"那一刻"，并用双手将它献给妻子。因此，毫无疑问，我的人生中已经有了捕捉那一刻的时刻。我感到她的名字"伊莎贝尔"呼之欲出，嘴巴已做出发出字母"I"[①]的口型。可我并未呼唤她。公寓多么寂静，四周多么寂静！我并未呼唤她。

在专一的意志下，所有力量被聚集、引导，

---

① "伊莎贝尔"的西班牙语原文为"Isabel"。

以强劲的势头向前冲去,显然这已经不是我的意志了。它是被我释放出的内心进程的自我意识。哦,我想在此说明可怜的我所承受的痛苦!我弱小又苍白的意志挣扎着想要做好发出字母"I"的准备,以便念完其他字母,并像钻进盔甲般任由这些字母包裹自己,从整整一天的生活洪流中解脱出来,它想大声地将我的妻子唤来,让她帮我抓住那个充满智慧与感受的时刻,好让我们在此基础上继续构筑未来。

这是矮人对巨人的挑战。不,还算不上什么挑战。什么都不是。只是眼看着侵略者从一个无能的可怜公民身边经过。我完全没能发出"I"的音。还说什么念出全名呀!"伊—莎—贝—尔",它长得就像沿赤道环绕地球一圈的铁轨。有六个字母!每念一个字母都要经历艰难的斗争,而我甚至没有勇气发出第一个音……完全没有!

我该上楼了,快乐地、精神饱满地上楼,满心欢喜,仿佛我怀有绝对的优越感,我该快乐地、精神饱满地张大鼻孔,深吸一口气,抵达比我所有愉快记忆的最深处更深的地方,闻到桌上的茶杯里散发的田野芬芳,而这芬芳由桌子推着穿过上方厚重的空气,最终抵达我的鼻腔。我该为妻子描绘这样的画面了:"我们的家,我们的床,昏暗的灯光……"还有最重要的那句:"咱们溜吧!"

我们再次一起离开酒馆、走过街道、登上电梯、回到公寓,我的回忆精准复刻了这些场景,于是我躺下,让妻子去隔壁房间等几分钟。

三只苍蝇又飞了起来,其中一只飞进卫生间洗了洗手。我该回忆不久前的事了,我的大脑再度变得空荡荡,它变得空荡荡,我陷入绝对的无知中。

我的大脑空得彻底,因此我立刻感觉整个身体瘫软下来,一种近乎安详的倦怠感袭来。身体不再被活跃的大脑所控制,泄了劲。我怀疑过一会儿它就会变成半固体状,还可能像岩浆一样不断无情地顺着床单向两侧床沿流去。

以防万一——谁知道呢！——我用双臂抱紧身体，并拢双腿，以维持人形，免得它们因为失去存在的理由而四分五裂。

于是对回忆的冲动再度在我内心流淌起来，因为这股冲动就是回顾这一整天，所以当此前的空洞感过去，现在我又开始重复这一天做过的事，我该对自己说：

"让我们看看。这一天的第一件事是断头台事件。"发生的一切开始依次排开。

开始了，我抱着一丝期待和强烈的恐惧。我期待这一次到小便池的时候，我的意志能更坚定，我能喊出妻子的名字，叫她过来，将我所知道的事告诉她，将它封存到我们的生命中，然后沐浴在新知识的光芒下继续过原来的生活。我害怕关于这一天的回忆变得更强烈，害怕我无法念出她的名字，害怕那些事件按记忆的逻辑依次发生，害怕在我第二次回想它们时——也是第三次经历它们时——我还是不得不上楼喝椴树花茶、回家、躺下。随后我将想起我已经躺下了，大脑空荡荡，还会觉得身体泄了劲，可我还是想抓住那个伟大的时刻，于是从头再来，从断头台开始，从断头台到动物园，到午餐，到画室和广场，到晚餐，到我家的别墅，到酒馆，到小便池，到小洞和苍蝇，它们将时间撕裂，启示……毫无疑问，它们会让我上楼喝椴树花茶，毫无疑问，因为这就是真实情况。我害怕整个生命——从此刻到死亡的那一分钟——陷入这些事件构成的循环中，循环的最后一件事是躺在床上想起第一件事，随后不由自主地想起第二件……于是，第三件、第四件、第五件、最后一件，然后再回到第一件……

循环将持续到我生命的尽头，一旦陷入循环，无论多少次，我都会认出那个特别的时刻，我总是想捕捉它，而它总会溜走，又再次出现，再次出现。

我抱紧双臂，并拢双腿，就这样怀抱着一丝期待和强烈的恐惧，将这一天重启。

断头台……咕——咕！没错，就这些，就这些。

雌狮……雄狮的弹簧。没错，就这些，就这些。

狒狒……歌声。没错，就这些，就这些。

冲突……榆树。没错，就这些，就这些。还有我思路的偏差。

偏差。我们来看看。

榆树树梢上有我对贝尔蒙特的那一步的回忆，还有我想将他的事说给妻子听的欲望。

而在床上，我发现那时我还想起了别的事，想起了美人儿卢克莱西娅点燃的火柴。

最后我发现真正的偏差出现了。当鸵鸟和雌狮起冲突时，多了些此前没发生过的事：整个萨拉戈萨，过去的萨拉戈萨，还有卢克莱西娅的绿色黎明。

好吧，在第二次循环中，卢克莱西娅的绿色黎明清晰了起来。

在被遗忘的土黄色的记忆中，我的那段人生如一条条缆绳浮现。不只有酒店，不只有皮拉尔圣母圣殿主教座堂。整个萨拉戈萨城铺展开来，同时延伸到我在西班牙游览过的所有地方。那趟旅途的全程。遇到的所有人。我对这些人的好恶。那一整段时光！

那段时光在我的记忆中占据一席之地，而我像个安详回忆过往的普通人，可就在此时，昨天的事也在继续，提醒我想到火柴的火苗已经意味着跑题太远了，得回到冲突中，我对自己说："回到正轨，回到正轨！"

昨天发生的事继续依次发生，我则自由地——相对自由地——用指腹触碰那一整段充实、稳定、艰难的时期，那是我的西班牙之旅，是循环外的旅程。

鲁文·德洛阿过去了，所有事都过去了。我

在托莱多①看着它们发生。等候室过去了,十字裙广场过去了,我还在托莱多看着。

这是双重人生,一九二〇年与昨天同时存在,互相平行。昨天是无尽的循环,是旋转的回忆中的一个定点;一九二〇年是一片辽阔的平原,我可以一直在平原上奔跑,以逃脱某个挥之不去的念头,逃脱某些执念。

但这并不意味着我完全摆脱了那个循环。循环一直在。我感到它从我后脖颈钻出来,似乎就停在我上方。它有卧室的天花板那么大。它有如风扇叶片般的某种东西。每当一片叶片触碰我的头,它都同时划过那一瞬间恰巧在我脑海中出现的西班牙往事。它划过。当它触碰我,划过往事,那段往事可能会被消除,而我会再次被囚禁于昨天的循环中!

总之,我立场不够坚定,我在一九二〇年涉

---

① 西班牙城市,卡斯蒂利亚-拉曼查自治区首府。

水前行，而昨天的事在脑海中穿行，总之，尽管如此，十字褡广场的部分结束了，我对妻子坦白自己并未通过观察得出结论，并将失败的原因归结到饥饿上。

宗座圣殿餐厅出现。

它出现了，与现实中一模一样，有每一道菜，还有我在第一次回忆中看到的那颗长着一对巨大犄角的牛头。这时，就像上次那样，我欣慰地看到昨天的事在继续依次发生，我们付了账，来到街上，可牛头还在记忆中！

它还在。按理说，宗座圣殿餐厅应该将它带走，可并未如此。并未如此。牛头与餐厅分离，就像片刻前的西班牙之旅一样，这颗脑袋铺展开来，形成另一片辽阔的平原——与此同时昨天的事还在不断发生，在不知不觉中，平原上渐渐出现其他的牛、放牧的农民、阳光下静止的树木、有鸟儿啼鸣的山丘，还有我自己，我在田野中耕耘岁月，自童年起我就曾无数次这么做过！而如今田野被一对巨大的犄角钉住了，固定了。

我不再用指腹触碰。我将指甲插进我的两段过往中，宁静、稳定的两段过往。我曾生活过的平原，那时被我抛在脑后，安定，纹丝不动。

此刻，我可以在平原上来回奔跑。它们不再摇晃。在停滞的过去，它们能容我坐下，让我想象未来的平原，那时我会将两只脚后跟踩进地里，在地上吐痰。

循环在上方旋转，那一天的琐碎细节从我头顶渗入。它旋转着，迫使我看着事件一遍遍发生。我们走进别墅，我们的出现引发了众人毫不掩饰的笑声。

继续吧，继续吧！沙发？长着爪子的东西？来吧！

我看着，看着！仅此而已。我发现自己就是过去的旅程和点缀在生命中的田野。我还是无力将大部分注意力集中在循环上。我当然没力气了。我当然得进入客厅，听佩德罗说的蠢话中的每一个单词。然后呢？

啊！在下方很近的地方，现在那儿被钉上了两根柱子，它们被西班牙的太阳炙烤，被我们田野中的太阳炙烤。

在太阳上方，夜晚的墓园得以出现，它完全有可能让人失去理智，沙发和礼帽也是如此。

到波兰人的坟墓了！

它脱离了循环！掉下来了！

就在我对佩德罗说"不去"时，坟墓掉了下来，就立在我身边，紧挨着田野和旅程。波兰人已经在这儿沉眠两年了。我回圣奥古斯丁-德探戈待了两年了。我们相处两年了，我和这个波兰人。他躺着，正在腐烂；我站着，埋头猛冲。

两年了，就是这两年。

坟墓就像卢克莱西娅绿色的性器官，就像牛犄角，墓碑抬起，我这两年的人生从空洞的墓穴中、从波兰人干瘪的躯体中浮现、铺展、定格！

现在有三根柱子了。三根柱子的顶端互相融

合，携手将我的过去填满。这是我完整的过去，是累积在过去中让我活下去的全部力量，支撑我抵抗不断、不断、不断旋转的记忆。

从萨拉戈萨到牛群，再到如今我的伴侣，再到无花果树间我的童年，或是到我对布尔戈斯的沉思，尽管我在这些事之间奔跑、飞跃，我的回忆还在继续。"爸爸，要是军队看到一位木星居民降临地球，你觉得他们会停止作战吗？"回忆还在继续，就要到酒馆了，接下来我就会想到我们点完茶后，当侍者端来时，我想上厕所。当我回忆起我想上厕所，就必然会想起那五个小洞，我曾试着绕开中间的洞，让尿液旋转着依次流过每个小洞。到这时，已经没有什么能阻止苍蝇出现在回忆中了。苍蝇会到来，我的尿液将会摇摆不定，我的思维在时间中穿梭，也将摇摆不定。荣耀！

我会呼唤她吗？伊莎贝尔！我能做到吗？

我们来看看。

我们走进赤脚酒馆。

一切都在同步进行。那边是循环。这边是我的自由。

我必须尽可能用力抓住三根柱子,好让循环像高速旋转的轮子恣意转动,松动脱落后抛向天空,孤零零地远去。

回忆到了那一刻,我再次来到时间的岔口,我想呼唤她,可"I"的音哽在喉咙中。但上一次我只有循环,置身循环中,与它一同旋转。这次我在循环外,几乎在循环外,回忆从我头顶离开,旋转着向上;这次,标志着我的过往的三根柱子牵住了我。此外,当回忆中的事件无情地发生时,为了让自己的身形更稳,我本能地尽全力躺在床垫上,用毛毯裹紧身体,用尽了全力让自己更自由。

"伊莎贝尔!!"

我喊了出来。

就在时间停止流逝,即将变得模糊、单调、

再无变化、凝固时,我喊了出来。而她回应了:

"来了!"

当这三个字母[①]钻进我的耳朵时,我已经闻着椴树花茶香走上楼梯,而三块辽阔的平原不断向地平线延伸,它们被太阳染成金色,有牛群的叫声,有让人厌烦的静谧城市。

心爱的妻子迟迟未来。她还在隔壁房间忙着琐事。现在我已经跟她一起回家了。现在我们已经乘上电梯了,吱吱嘎嘎地上升着。

这是第三次了,我躺在床上,想到的事化作三只苍蝇,飞走了。

妻子停下了手中的事。我听到她走过来的脚步声。

我没有想法,也没有协调一切的大脑,身体泄了劲。这是第二次。这次它会更加无力,会化成液体滴落地面,被人踩踏。平原也将变得晦

---

① 上文"来了"的西班牙语原文为"voy"。

暗，从我身边溜走。除非我抱紧双臂，并拢双腿，想点什么再次填满大脑：

"让我们看看。这一天的第一件事是断头台事件。雌狮出现了。狒狒……"

只要她在第三次循环开始前一秒——哪怕一百分之一秒到达！

她一直在走动。我从未想过两个房间之间会有这么长的距离，也没想过两步之间的间隔会这么久。

我的身体泄劲了。它沿床单流淌。

她到了。

她问：

"你叫我了吗？"

在身体化成液体滴落之前，在我回忆起断头台之前，在三块辽阔的平原上还有片刻时间。

借助平原充分利用这片刻时间！

"亲爱的妻子！"我对她说，"拿纸笔来，画出我的身体。"

"为什么?"她问。

"画啊!"

心爱的妻子在画。我赤裸着躺在床上。她只用一条黑线就将我的身体画在了纸上。

"把线条的头尾接上!"我说。

"这样吗?"她把画递给我。

"是这样,"我答道,"只要画出封闭的形状,什么都不会溜走。"

就是这样。现在我的身体在画上,被线条团团围住;现在它恢复原状了。

"亲爱的妻子,我们的一天从断头台开始,而你画下我的身体,这会将这一天概括、定格。这一天将离我而去,被你画出的形状圈定在纸上。那么现在,咱们睡吧。"

"没错,"她答道,"咱们睡吧。"

画作集

32cm × 25cm / 1947

32cm × 25cm / 1947

32cm × 25cm / 1947

贡戈拉

27.5cm × 22cm / 1947

33.5cm × 23.5cm / 1947

圣奥古斯丁—德探戈宗座圣殿

43.5cm × 29cm / 1948

37cm × 30cm / 1948

水晶球

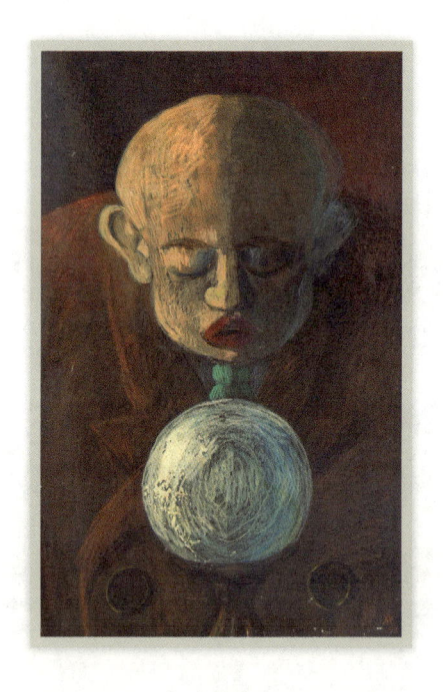

50cm × 32.5cm / 1949

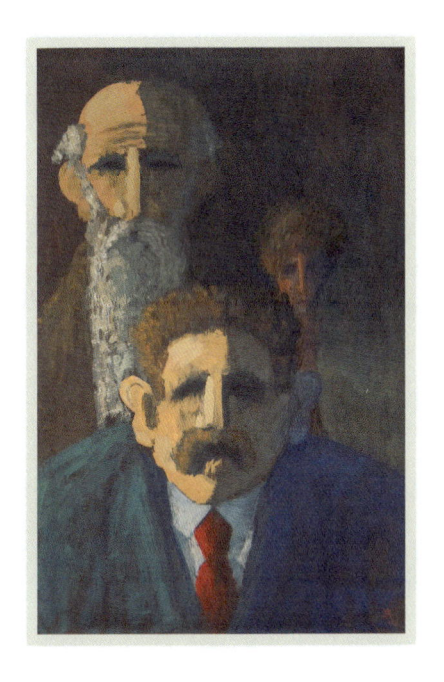

50cm × 32.5cm / 1949

22cm × 26cm / 1949

27.5cm × 31cm / 1951

23.5cm × 33cm / 1953

母性

23.5cm × 33cm / 1953

SN 20

54cm × 48cm / 1954

Is Bll 23

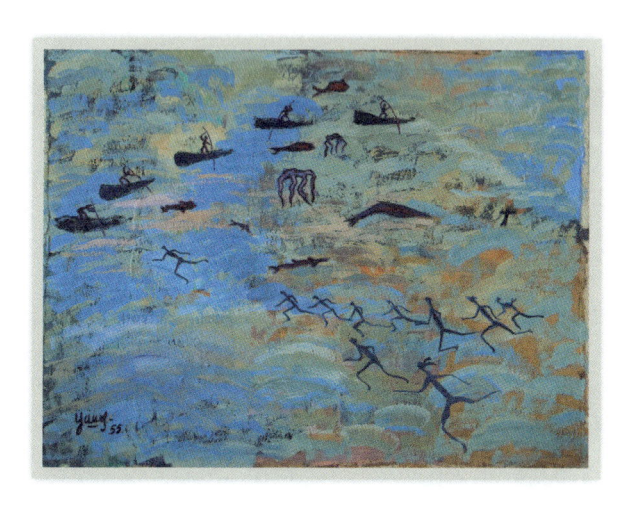

42.5cm × 58cm / 1955

38cm × 54cm / 1958

SN 9

54cm × 38cm / 1958

SN 13

54cm × 38cm / 1958

38cm × 54cm / 1958

卫星启程

38cm × 54cm / 1958

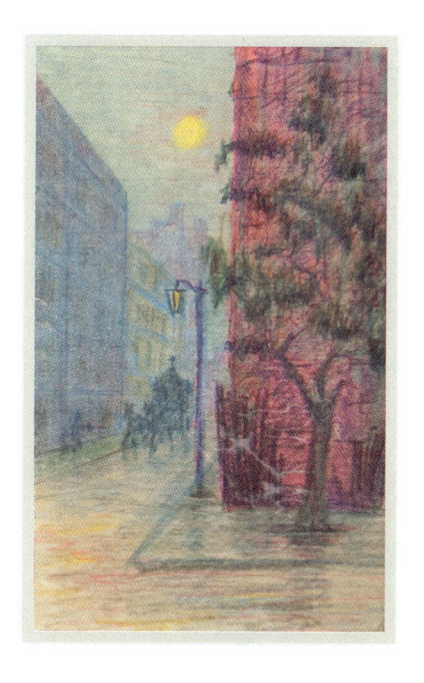

20.5cm × 12.5cm

22cm × 12cm

陀思妥耶夫斯基

22cm × 16cm

击剑的人

30cm × 35cm

43cm × 32cm

20cm × 20cm

20cm × 20cm

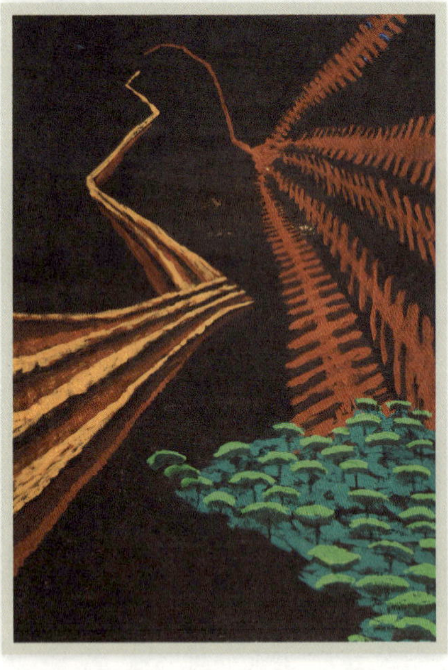

图书在版编目（CIP）数据

悬停日日 /（智）胡安·埃马尔著；梅清译.
海口：南海出版公司，2025.4. -- ISBN 978-7-5735
-1052-5

Ⅰ. I784.45
中国国家版本馆CIP数据核字第2024NJ9445号

AYER
Introduction copyright © 2022, Alejandro Zambra.

悬停日日
〔智利〕胡安·埃马尔 著
梅清 译

出　　版	南海出版公司　（0898）66568511	
	海口市海秀中路51号星华大厦五楼　邮编 570206	
发　　行	新经典发行有限公司	
	电话(010)68423599　　邮箱 editor@readinglife.com	
经　　销	新华书店	
责任编辑	侯明明	
特邀编辑	陈方骐　吕宗蕾	
营销编辑	刘明辉　李琼琼　杨美德	
装帧设计	尚燕平	
内文制作	田小波	
印　　刷	山东韵杰文化科技有限公司	
开　　本	787毫米×1092毫米　1/32	
印　　张	7	
字　　数	80千	
版　　次	2025年4月第1版	
印　　次	2025年4月第1次印刷	
书　　号	ISBN 978-7-5735-1052-5	
定　　价	49.00元	

版权所有，侵权必究
如有印装质量问题，请发邮件至 zhiliang@readinglife.com